浪人若さま 新見左近
決定版【四】

将軍の死

佐々木裕一

双葉文庫

目次

徳《とく》川《がわ》家《いえ》宣《のぶ》

江戸幕府第六代将軍
寛文《かんぶん》二年（一六六二）～正徳《しょうとく》二年（一七一二）

寛文二年（一六六二）四月、四代将軍徳川家綱《いえつな》の弟で、甲府《こうふ》藩主徳川綱重《つなしげ》の子として生まれる。綱重が正室を娶《めと》る前の誕生であったため、家臣新見正信《にいみまさのぶ》のもとで育てられる。

寛文十年（一六七〇）、九歳のときに認知され、綱重の嗣子《しし》となり、元服後、綱豊《つなとよ》と名乗る。延《えん》宝《ぽう》六年（一六七八）の父綱重の逝去《せいきょ》を受け、十七歳で甲府藩主となる。将軍家綱が亡くなった際には、世継ぎとして候補に名があがったが、将軍の座には、叔父《おじ》の綱吉《つなよし》が就いた。

五代将軍綱吉も、嫡男《ちゃくなん》の早世《そうせい》や、長女鶴姫《つるひめ》の婿《むこ》である紀州《きしゅう》藩主徳川綱教《つなのり》の死去等で世継ぎに恵まれなかったため、宝永《ほうえい》元年（一七〇四）、綱豊が四十三歳のときに養嗣子となり、江戸城西ノ丸《にしのまる》に入り、名も家宣と改める。宝永六年（一七〇九）の綱吉の逝去にともない、四十八歳で第六代将軍に就任する。

将軍就任後は、生類憐《しょうるいあわれ》みの令をはじめとした、前政権で不評だった政策を次々と撤廃《てっぱい》。間部詮《まなべあき》房《ふさ》を側用人《そばようにん》として重用し、新井白石《あらいはくせき》の案を採用するなど、困窮《こんきゅう》にあえぐ庶民のため、政治の刷新をはかり、万民に歓迎される。正徳二年（一七一二）、五十一歳で亡くなったため、治世《ちせい》は三年あまりとごく短いものであったが、徳川将軍十五代の中でも一、二を争う名君であったと評されている。

浪人若さま　新見左近　決定版【四】

将軍の死

第一話　将軍の死

※

江戸城本丸御殿には、幕府の中でも、ごく限られた者だけが呼ばれていた。

新見左近《にいみさこん》こと、甲府《こうふ》藩主徳川綱豊《とくがわつなとよ》と、将軍家綱《いえつな》の弟、松平綱吉《まつだいらつなよし》も呼ばれていたが、次期将軍の有力な候補である二人は離れた場所の部屋で待つよう告げられ、家綱への見舞いは、夜が更《ふ》けても許されなかった。

左近と共に控えている新見正信《まさのぶ》は、先ほどから落ち着かぬ様子で、手ににぎった扇子《せんす》を膝《ひざ》に打ちつけている。

甲府徳川家のあるじらしく、葵《あおい》の御紋《ごもん》入りの裃《かみしも》を着けている左近は、姿勢を正して書見をしている。

伯父《おじ》の容体《ようだい》を案じながらも、心静かに、お目通りの時を待っていた。

涼しげな目を書に走らせていた左近は、廊下の足音に気づき、閉じられた障子に顔を向けた。

「ちょいと、失礼するぞ」

飾り気のない言葉をかけて顔をのぞかせた初老の侍を見て、正信が目を丸くした。

「これは、水戸《みと》の光圀《みつくに》様」

頭を下げるのにうなずいた光圀は、穏やかな笑みを浮かべて、左近の前に歩み寄った。

水戸藩二十八万石の第二代藩主、徳川光圀は、家格こそ甲府藩より下であるが、徳川一門の長老として、幕府にも及ぶ発言力を持った人物である。

長老の光圀を敬《うやま》い、左近は上座を空けようとしたが、

「これこれ、何をしておる」

光圀は気さくに言うと、左近の前に座った。

「甲州《こうしゅう》殿が下座に行かれたら、わしの座るところがのうなる」

にこやかに言われ、左近が恐縮して元の場に座ると、光圀は、下からのぞき込むような目を向けてきた。

「甲州殿、お噂《うわさ》は聞いておりますぞ」

「なんの噂でござりましょう」

「とぼけなさんな。お忍びで市中にくだり、悪党どもを懲《こ》らしめておるそうですな」

言葉に窮《きゅう》し、左近が黙っていると、光圀がかっかと笑い、目を細めた。

「いや、お若いのに見上げたお方じゃ、けっこうけっこう。民も、喜んでおりましょうぞ。わしも、隠居したあかつきには、旅をしようと思うておりましてな」

「ほう、旅をでございますか」

正信が横から口を挟むと、光圀が嬉しげにうなずいた。

「日ノ本《ひのもと》には、わしが知らぬものがまだまだたくさんある。それらを、この目で見てみようと思いますのじゃ。特に、民の暮らしをな」

「世直し旅をなさるおつもりか」

「ま、そのようなものじゃ」

また、かっかと笑い、ふと真顔になった。

「甲州殿を次期将軍にとの声が出たが……やはり、わしの目に狂いはなかったようじゃ」

左近は光圀を見つめながら、その先の言葉を待った。

光圀は満足げにうなずき、

「城に押し込めるには、惜しいお方と思うたまで」

意味ありげな笑みを浮かべると、邪魔をしたと言い、そそくさと立ち去った。

「いったい、何をなさりにまいられたのでしょうか」

正信が、閉《た》てられた障子にいぶかしげな顔を向けている。

左近は、ふっと、笑みをこぼした。

「食えぬお人じゃ」

「はあ?」

「次期将軍が決まったのであろう」

「なんと言われる」

「決まったことを、それとなくお教えくださったのだ」

左近の読みどおり、程なく、奥向きから人が遣《つか》わされ、家綱と綱吉の養子縁組が決まったことが告げられた。

すなわち、綱吉が世継ぎに決まったのである。

この決定には、光圀の意見が大きく反映されていた。

左近を次期将軍にとの声が大きい中、若年《じゃくねん》であり、また、市中にて奔放《ほんぽう》な振る舞いをする左近を将軍にするべきではないと、光圀が反対したのである。

先に述べたように、左近を江戸城内に押し込めるのは惜しいと思ってのことか、それとも、綱吉こそが将軍にふさわしいと思ってのことか、その本心は、誰にもわからぬ。

ただ、将軍になる気など、はなから持ち合わせておらぬ左近にとっては、救いの神だったというわけだ。

表情を明るくする左近の横で、正信は寂しげな顔をしていた。

「綱吉公はお人柄に難ありと評判のお方。大丈夫でござろうか」

「政《まつりごと》は、一人でするものではないのだし、ここで案じても、仕方のないことだ」

「はあ」

「それよりも、今この時に世継ぎを決めたのが気にかかる。上様の容体が、それだけお悪いということか」

「そ、それは……」

正信は険しい顔をして、口ごもった。

奥への呼び出しがかかったのは、その時だ。

小姓《こしょう》に応じて、一人で部屋を出た左近は、案内されるまま廊下を歩んだ。

いくつもの角を曲がり、中庭に松明《たいまつ》が焚《た》かれた松の廊下を歩んでいると、反対側から歩んでくる者がいた。

口を引き結び、鋭い目で前を見据《みす》えている男は、大老、酒井雅楽頭忠清《さかいうたのかみただきよ》だ。

以前は、酒井の爺様と呼ぶほど、気の置けない仲であったが、世継ぎ争いに絡み、左近と綱吉の暗殺をくわだてた黒幕を前に、表情を引き締めざるを得なかった。

左近に気づいた酒井は、ふと表情を和《やわ》らげ、

「これはこれは、甲州様」

横にずれて場を空け、軽く頭を下げた。

口に笑みを浮かべているが、口調はよそよそしく、下に伏せた目は笑ってなどいない。

足を止めて話す気になれるはずもなく、左近は黙って通り過ぎた。

背後から見られている気配を感じると同時に、殺気を覚えた左近は、立ち止まって振り向いた。

だが、そこに酒井の姿はなかった。

寝所に通されると、床の上で半身を起こした家綱が、側室のお満流《まる》の方《かた》の手を

借りて、薬湯《やくとう》を飲んでいるところだった。

小姓が左近の来訪を告げると、

「おお、来たか」

思いのほか顔色もよく、笑みを浮かべて言った。

「上様、お加減はいかがでございましょうや」

「うむ、そなたの真似《まね》をして仮病《けびよう》を使《つこ》うたと言いたいところだが、そうもいかぬ」

左近が苦笑いで応じると、家綱は、悪戯《いたずら》っぽい笑みを浮かべた。

「ちと、二人にしてくれぬか」

家綱が言うと、お満流の方は優しく微笑《ほほえ》んで応じ、左近に頭を下げると、侍女《じじよ》たちを連れて部屋から出ていった。

「綱豊、近う寄れ」

「はは」

障子も襖《ふすま》も閉てられた部屋で、左近は家綱の横顔を見つめた。

薄髭《うすひげ》を生《は》やした家綱は、しばし目を伏せていたが、ゆるりと息を吐き、顔を向けてきた。

「のう、綱豊」

「はい」

「世継ぎが綱吉と決まったことは、聞いておるな」

「はい」

「水戸殿に押し切られてしもうたが、許せ」

「なんの。わたくしは、胸をなでおろしているところでございます」

「そう申してくれると、気が楽になる。しかしな、余《よ》は、いささか気がかりなのじゃ」

「……気がかりとは、なんでございましょう」

「綱吉のことじゃ。あれは学問好きのせいか、物事を頭だけで考え、決めてしまうところがある。道を誤りそうになった時は、助けてやってくれぬか」

「この若輩者《じゃくはいもの》でよろしければ、喜んで」

「うむ。しかと頼んだぞ」

家綱は安心したようにうなずくと横になり、薬が効いてきたのか、吸い込まれるように眠った。

起こさぬように夜具《やぐ》を整えた左近は、家綱に平伏《へいふく》すると、寝所をあとにした。

左近が伯父と言葉を交《か》わしたのは、これが最後であった。

将軍家綱は、わずか三日後に、この世を去ったのである。

一

朝のうちに谷中《やなか》のぼろ屋敷を出かけた新見左近は、藤色の着流しに愛刀の安綱《やすつな》を差したいつもの浪人姿で、浅草花川戸《あさくさはなかわど》の、お琴《こと》のところにやってきていた。

お琴が商《あきな》う小間物屋は相変わらず朝からにぎわっており、左近がいる奥の部屋にも、品定めをしながら世間話に花を咲かせるおなごたちの声が聞こえていた。

身を横たえ、楽しげな声を聞きながら庭の花を眺《なが》めているうちに、いつの間にか眠っていたようだ。

ふと、目をさますと、羽織《はおり》がかけられていた。

「起こしてしまいましたか」

優しい声に目を向けると、お琴が横に座って笑みを浮かべていた。

「眠ってしまったようだ」

左近は、外の空を眩《まぶ》しげに見上げた。

秋の風が、部屋の中をそよと吹き抜けた。

空を舞う小鳥のさえずりが聞こえている。

「お琴」

「はい」

「将軍が代わって、暮らしに不便はないか」

家綱の死から四月《よつき》後、綱吉が将軍宣下《せんげ》を受けて新たな時代が幕を開けていた。

ただちに民の暮らしに変わりが起きるとは思えぬが、訊《き》かずにはいられなかった。

お琴は首をかしげ、特に思い当たらない、と言った。

何ゆえそのようなことを訊くのか、と言いたげな顔を向けたあと、思い出したように、手をたたいた。

「そういえば、義兄上《あにうえ》が嘆《なげ》いておられました」

「泰徳《やすのり》が？」

「はい。門弟のお侍様が、剣の修行に身が入らなくなっていると申されて」

「なるほど」

さっそく綱吉の色に染まりはじめたか、と思った。

学問を好む綱吉は、泰平の世に武を重んじ、未《いま》だ殺伐《さつばつ》としている武家の気風をよしとせず、学問を優先し、徳を重んじる気風に変えようとしていたのだ。泰平の世をさらに盤石《ばんじゃく》とするべきおこないであるが、急激な変革を強行すれば、反発も生じる。

配下を城に呼び、自ら学問の教えを説《と》いている綱吉の様子を聞いていた左近は、武門を重んじる旗本などからの反発を案じていた。

そしていっぽうでは、市井《しせい》に興味がなさそうな綱吉の政により、民の暮らしぶりに変わりが生じておらぬか、気がかりであった。

「武家はともかく、民の暮らしに変わりがないのであればひと安心じゃ」

そう言うと、お琴がくすりと笑った。

「うむ？」

「まるで、お城を抜け出した公方様《くぼう》みたい」

左近が否定しないものだから、お琴が真顔になった。

「まさか……」

「あろうはずがない」

「ああ、びっくりした」

「もし、そうだと申したら、いかがする」

「え？」

「もしもの話だ。おれが新しい将軍だと申したら」

「いやです」

「いや、か？」

「左近様が公方様なんて、考えたくもないわ」

「それほどに、いやか」

「だって、公方様だと、いつかはここにも来なくなるわけでしょ。そんなの……」

お琴は自分が言ったことに気づいて目を丸くし、口に手を当てた。

見る間に、首筋から赤く染まっていく。

「すまぬ、ありもせぬことを訊いてしまった」

「…………」

お琴は、左近の様子をうかがうような顔を向けた。

「何か、おありになったのですか」

「うむ？」

「公方様が代わられてから、なんだか様子が変だって、およねさんが言っていたものですから」

お琴の店を手伝うおよねが、左近に元気がないと、心配していたらしい。

伯父の家綱公が亡くなったからだと言えるはずもなく、

「気のせいであろう」

左近は笑みを浮かべて、ごまかした。

左近のこころの内には、秘めたる思いがもうひとつあったのだが、お琴を前にすると、どうしても言い出せなかった。

左近のこころに暗い影を落としているのは、先日のことが原因だ。

先日、根津《ねづ》の上屋敷から正信がやってきて、将軍綱吉から、三日後に登城するようにとの命がくだされたことを告げた。

さらに、共に送られてきた書状には、副将軍になるよう命じる趣旨《しゅし》のことが書かれており、登城の際に返事を聞かせよとのことであった。

それが、明日なのである。

左近は今日、お琴にほんとうのことを言うつもりで来たのだが、どうしても言えずに、谷中の屋敷に帰った。

そして、一睡もすることもできずに、朝を迎えたのである。

肌寒い朝の仏間で、左近は、お峰《みね》の位牌《いはい》に手を合わせていた。

ふと、廊下に気配を察して、目を開けた。

開けられた障子の角に人が現れて片膝をつき、そろそろ登城の支度に戻らねば、と言った。

左近が目を向けると、新見正信が、厳しい顔つきのまま頭を下げた。

左近はまた、位牌に目を向ける。

そして一礼して手を伸ばすと、仏壇から取り出し、懐《ふところ》に入れた。

「お峰、この屋敷には、いつ戻れるかわからぬ。共に根津の屋敷へ戻ろうぞ」

お峰は、左近が生まれて初めて、こころを奪われたおなごだ。

一度は妻にと思うたおなごの位牌を胸に抱き、根津の上屋敷へ急いだ。

副将軍になるならぬの返答は、すでに決めている。

だが、江戸城に登城したら最後、二度と、このぼろ屋敷には戻れぬ気がした。

それゆえ、位牌を懐に入れたのだ。

父に代わって甲府藩主となった左近は、その出自から、これまで波乱万丈《はらんばんじょう》の人生を歩んでいる。

綱豊は、甲府藩主徳川綱重《つなしげ》の長男として根津の藩邸で生まれたのだが、綱重が正室を娶《めと》る前に、女中に手をつけて産ませた子だ。

このため、世間の目をはばかって、国家老の新見正信のもとへ養子に出されたのである。

それから八年のあいだ、新見の息子として育てられた綱豊であったが、父綱重の正室が男児に恵まれぬまま亡くなり、世継ぎとして甲府徳川家に呼び戻された。

その後、綱重もこの世を去り、綱豊は十七歳で、甲府徳川家を継承した。

しかし、それでことはすまなかった。

四代将軍の家綱に世継ぎがなく、五代将軍の座をめぐって、幕府の中で火種《ひだね》がくすぶりはじめたのだ。

四代将軍の弟、徳川綱吉が最有力とされる中、将軍としての器量を疑う一部の幕臣たちが、正当継承者として綱豊の名を挙げたのである。

それにより、幕府の重臣のあいだに争いが起きた。

元々将軍職に就《つ》く気など毛頭なかった綱豊は、幕府内の異変をいち早く察知し、早々に辞退しようとした。

ところが、将軍家綱がそれを許さなかったのである。

江戸城からめったに出られぬ暮らしなど、綱豊には考えられない。

そこで、病気と称して屋敷内に閉じ籠《こ》もり、暗殺を警戒した正信のすすめで、新見左近と名を変え、密《ひそ》かに谷中の屋敷に移り住んだ。

そもそも、胸に抱くお峰との縁談は、正信が勝手に仕組んだ嘘《うそ》ごとであった。左近が正信の子であると信じている剣友、岩城雪斎《いわきせっさい》に縁談を持ちかけ、養女のお峰と左近を夫婦にしようとしたのも、世間の目をごまかすためである。

だが、左近の気持ちに嘘はなかった。

正信を父と呼び、雪斎の道場に遊びに行っていた幼《おさな》い頃に知り合ったお峰のことを、甲府藩主となってからも忘れてはいなかった。

正信が仕組んだ嘘ごとの縁談でも、本気で我が妻とするつもりでいた左近であったが……お峰は、病《やまい》に倒れてしまったのである。

屋敷の門から出た左近は、ふと、浅草の方角の空を見上げた。

お峰の妹の、お琴のことを想ったのだ。

お琴には、何も言えずに来てしまった。

騙《だま》すつもりではなかったのだが、身分を偽《いつわ》っているのは確かだ。

昨日は、お琴にほんとうのことを話すつもりであったのだが、いざとなると、気が引けた。怖気《おじけ》づいたというのが、正直な気持ちだ。

左近は結局、お琴に想いを打ち明けることもできずに、根津の屋敷へ戻ったのである。


江戸城にのぼった左近は、中奥《なかおく》の御座《ござ》の間《ま》に通された。

将軍が武芸や学問に励《はげ》む場所であり、近しい者しか入れぬところでもある。

そこへ通されるのは、将軍の信頼を得ているという証《あかし》。

誰もが喜ばしく思うところであろうが、左近は複雑な心境であった。

下段の間に座して程なく、綱吉が上段の間に現れた。

同時に、左近の後ろに綱吉側近の、柳沢保明《やなぎさわやすあき》が入った。

他には、刀持ちがいるのみ。

裃を着けた左近が凛々《りり》しい顔を下げて平伏すると、

「綱豊、面《おもて》を上げよ」

「はは」

「よき返事を持ってまいったのであろうな」

座に着くなり、綱吉が威圧する口調で言った。

「返答をする前に、ひとつお訊きしたいことがございまする」

「うむ、苦しゅうない。申してみよ」

「徳川幕府にはこれまで、副将軍の座はございませぬ。わたくしを副将軍になさろうとする理由を、お聞かせ願いとう存じまする」

「うむ」

綱吉はうなずくと、目尻が上向いた凛々しい目で左近を見据えた。

薄い唇《くちびる》を引き締め、今にも怒鳴りそうな顔つきをしている。

左近は綱吉と目を合わさず、脇差に目をとめて言葉を待った。

「余の右腕となり、徳川の身内でいらぬ争いが起きぬよう努めてもらいたい。そう思うたのだ」

左近を突き放すより同じ陣に留《と》め置くことで、左近派の連中を押さえようというのが、綱吉の狙いだ。

おそらく、後ろにいる柳沢の思惑であろうと察した左近が、

「では、お断りいたしまする」

きっぱり言うと、綱吉が目を丸くした。

「余の命が、聞けぬと申すか」

「申しわけございませぬ」

「理由を申せ」

――返答次第では厳しい沙汰《さた》をくだす。

綱吉の目は、そう語っていた。

「わたくしは、徳川の世を、陰から支えとうございます」

「副将軍では、徳川の世を支えることができぬと申すか」

「城の中にいれば、世のことはおおかた見渡せましょう。されど、日も当たらぬ場所までは、見渡せませぬ。わたくしは、日の当たらぬ場所を見渡し、徳川の世を支えとうござりまする」

「まさか、これまでのように浪人になりすまし、みだりに市中を歩き回ると申すか」

「…………」

「副将軍より、浪人まがいの暮らしを好むと申すか」

左近はまっすぐな目を綱吉に向けたまま、両手をついて頭を下げた。

綱吉は厳しい目を向けていたが、ふっと鼻で笑った。

「柳沢」

「そちが申すとおり、この者はおもしろき男であるな」

柳沢は、感情を面《おもて》に出さぬ涼しげな目を伏せ、静かに頭を下げた。

綱吉は左近を見据えた。

「綱豊」

「はは」

「そちが市中にくだることには目をつむる。されど、今は控えよ。幕政が整うまでは、屋敷にて支度をしておれ」

「支度とは、いかなることで」

「不穏《ふおん》な動きがあると聞く。この城でことが起きぬとも限らぬゆえ、いつでも駆けつけられるよう、備えておれ」

「不穏な動きとは……」

「余とそちを殺そうとした者は、まだ生きておる。確たる証がないゆえ咎《とが》めることと叶《かな》わぬのが口惜《くちお》しいところじゃ。こうしているあいだにも、次なる手を、何やらたくらんでおるやもしれぬ」

大老、酒井雅楽頭のことであろうことは、左近にも察しがつく。

「わたくしに、まかせてはいただけませぬか」

「ならん。手の者に調べさせておるゆえ、そちは屋敷で控えておれ」

「はは」


江戸城からくだり、根津の上屋敷に戻った左近は、数日後に、水戸の光圀が副将軍に任じられたという知らせを受けた。

「殿、ようございましたな。光圀公がご意見番となってくだされば、綱吉公の政も、道を誤ることはございますまい」

正信は、副将軍の座を断った左近を綱吉が失脚させやすまいかと、心配していたのだ。

光圀がいれば、大胆なことはさせまいと、正信は安堵《あんど》したのである。

二

将軍綱吉の世となり、四月《よつき》が過ぎようとしている。

左近は綱吉の命を守り、根津の上屋敷にて政務をこなしている。

屋敷での暮らしは、毎日決まったことの繰り返しで、窮屈《きゅうくつ》で仕方がない。

朝は六《む》つ（午前六時頃）に起床し、身なりを整えると、奥御殿の仏間に入って手を合わせる。

表御殿に戻って朝餉《あさげ》。そのあいだに髪を結《ゆ》い、終われば武芸と学問に励み、昼からは家臣団が上げてくる藩政の書面に目を通し、裁断《さいだん》をくだす。

周囲には常に人がおり、自由はなく、まるで囚《とら》われの身だ。

藩主として、政務はきっちりこなしている左近であるが、長らく外に出ておらぬせいで、近頃は特に、市中で暮らす皆のことが気になって仕方がない。

家臣の話を聞いていても、ついつい、お琴たちのことを考えてしまうのである。

その様子に気づいた正信が、

「殿、話を聞いておられますのか」

うかがうように、迫った。

「うむ？」

「ですからな……」

甲府の村の開墾《かいこん》に関する判断を求められ、左近はやっと我に返った。下座には、郡奉行《こおりぶぎょう》の蔵里外記《くらさとげき》の書状を携《たずさ》えた小姓が控えている。

若き小姓は、雨宮真之丞《あめみやしんのじょう》である。

鳴海屋《なるみや》事件の折、左近の命を狙う鬼翔丸《きしょうまる》を倒した功により、甲府藩に召し抱えた者だ。

左近の剣友、岩城泰徳におなごと間違えられたほどに身体の線が細く、肌の色も白い美男子であるが、剣のほうはかなりの遣《つか》い手《て》である。

今は姉の文江《ふみえ》と藩邸の長屋に移り、姉弟で暮らしている。

左近は雨宮から書状を受け取り、目を通した。

「これに示すとおり、蔵里はまことに、新たな田畑から年貢を取らぬのであろうか」

左近が訊くと、正信はうなずいた。

「村の者が豊かに暮らせるための、開墾にござりますからな」

「うむ」

村の民の暮らしが豊かになるのであれば、反対する理由などどこにもない。

左近は開墾を許し、費用を求める書状に花押《かおう》を記した。

今日の政務は、これが最後であった。

昼過ぎにすべてを終わらせた左近は、外に出て椿《つばき》が美しい庭を眺めた。

正信が来客を告げてきたのは、庭に出て程なくのことである。

綱吉の側近、柳沢保明が、火急の用があると言っているという。

「まさか、城で何かあったのであろうか」

「用件は申されませぬが、お急ぎの様子」

「うむ」

左近は正信と共に、屋敷の中に戻った。

書院に向かうと、下座に座る柳沢が頭を下げた。

「柳沢殿、面を上げられよ」

「はっ」

ゆるりと頭を上げた柳沢は、左近に厳しい目を向けてきた。

「急ぎの用とはなんだ」

「酒井雅楽頭様の件で、お耳に入れたきことが」

「上様とおれの命を取ろうとした、確たる証を見つけたのか」

「いえ、こたび雅楽頭様は、大老職を辞されてございます」

「何、辞したとな?」

「はは」

「理由は」

「病を理由に登城をされぬ日が続きましたのを機に、上様が永《なが》の病気療養をお命じなされました」

要は、罷免《ひめん》である。

「して、雅楽頭のあとは、誰が引き継ぐのだ」

「まだ決まっておりませぬが……」

柳沢は言葉を止め、意味ありげな目を向けた。

左近は、その目顔から、綱吉を将軍にするべく奮闘した老中、堀田正俊《ほったまさとし》が次の大老になるのだと察した。

「雅楽頭は、素直に受けたのだな」

「はい。しかしながら、気になることがございます」

「うむ？」

「雅楽頭様の屋敷に怪《あや》しき者が出入りするのを、手の者が見ております。ゆえに上様は、雅楽頭様の復讐を警戒しておられますが、甲州様にも気をつけるようにとのお達しでございます」

「それで、我が屋敷へまいられたか」

柳沢は頭を下げた。

「今ひとつ、甲州様にお伝えしたきことが」

「聞こう」

「雅楽頭様を城から下がらせたことで幕政は整った……と、上様が仰《おお》せにございます」

すなわち、江戸市中にくだることを許すということだ。

「あいわかった。しかと承《うけたまわ》ったと、上様にお伝えせよ」

「ははぁ」

柳沢は必要なことだけを伝えると、早々に帰っていった。

「ふん、若いくせに、おもしろみがない奴じゃ」

柳沢の生真面目《きまじめ》さが気に入らぬと、左近は柳沢が言ったことが気になっていた。

そんな正信を横目に、左近は柳沢が言ったことが気になっていた。

「雅楽頭の屋敷に出入りする怪しい者とは、何者であろうか」

「まさか、大老を罷免されたことを恨《うら》みに思い、よからぬことをたくらんでおるのではありますまいな」

正信が言うのと、庭に人影が現れたのが同時だった。

音もなく姿を現し、濡《ぬ》れ縁《えん》の下に片膝をつくのは、甲州忍者の頭目《とうもく》、吉田小五《よしだこご》郎《ろう》だ。

左近が上屋敷に籠もったあとも、かえでと共にお琴の店の隣で煮売り屋をしながら、一人で暮らすお琴を見守っていた。

その小五郎が現れたものだから、

「何かあったのか」

左近はまず、お琴の身を案じた。

「かえでが妙な噂を耳にしたものですから、殿のお耳に入れておくべきかと存じまして」

左近は濡れ縁に立った。

「して、噂とはなんだ」

「店に酒を飲みに来た浪人風の客たちが、やけに羽振りがよさそうで不審に思い、酔った頃合いを見て、かえでがそれとなく訊いたところ、どうやらご公儀のどなたかが、金で人を集めているようです」

「ほう」

「それも、五人や十人の話ではなく、百を超えております」

「誰が集めているのだ」

「わかりませぬ」

「血迷うたことをせねばよいが」

「はあ？」

左近は、つい先ほど柳沢から聞いたことを、小五郎にも聞かせた。

「では、酒井雅楽頭様が浪人を雇っていると」

「うむ。何かよからぬことをたくらんでおるのやもしれぬ。調べてくれ」

「はは」

立ち去ろうとする小五郎を、左近が引き止めた。

「変わったことはないか」

左近が遠慮がちに訊くと、小五郎は察したらしく、薄笑いを浮かべた。

「三島屋《みしまや》の連中は、変わりはございませぬ。ただ……」

「……なんだ」

「旅に出るという文《ふみ》は、少々まずかったのではないかと」

小五郎は、左近がお琴に送った文のことを言ったのだ。

屋敷に籠もらねばならなくなり、お琴の店に行けぬようになった左近は、よい言いわけをあれこれと考えたあげく、上方《かみがた》に旅に出ることを思いついたのだ。

武者修行のため上方にまいり候《そうろう》。
帰りはいつになるかわからぬ。

お琴になんと伝えたらよいか悩んだ左近が、半日かけてやっとしたためた文であった。

「あれを見たのか」

「いえ、およね殿から聞きました」

「およねは、なんと申していた」

「今時、子供でもこんな文を書かないよう。もっと気が利いたこと書けないのかね、まったくもう……と」

小五郎がおよねの口調を真似しながら言葉を伝えると、

「それはまた、なんとも武骨《ぶこつ》な」

正信が呆《あき》れている。

左近は、まいったな、と独りごち、首をなでた。

笑いを嚙《か》み殺して頭を下げた小五郎の背中が、小刻《こきざ》みに震えている。

「して、お琴はどんな様子だ」

「は、はい……」

深く息をした小五郎が、真顔を上げた。

「……努めて明るく振る舞っておられますが、ふとした拍子《ひようし》に、寂しげな顔をされております」

「殿、上様のお許しが出たのですから、三島屋に行かれてはどうです」

正信が言った。

「いや、今しばらくはここにいよう。雅楽頭が何かをたくらんでおるなら、お琴に累《るい》が及ぶかもしれぬ」

「よろしいので」

小五郎が、意味ありげな顔をした。

「うむ？」

「いえ」

「遠慮せず申せ」

「岩城家から、縁談のすすめがあったそうにございます」

相手は、同じ商いをする大店《おおだな》の跡取り息子らしい。

「……さよう、か」

左近は愕然《がくぜん》としながらも、お琴にとってはそのほうが幸せなのかもしれぬ、と思いもした。

両親が自刃《じじん》して果てたのは武家だからだと、お琴が前につぶやいたことがある。

商いをする親ならば、娘二人に寂しい思いはさせなかったはずだ、と言ったのだ。

「して、お琴はなんとするつもりか」

「まだ、はっきりとしたお返事はされていないご様子」

「さようか……」

正信も小五郎も、左近の様子をうかがう顔を向けている。

左近が黙っていると、正信がひとつ咳《せき》をして声をかけた。

「殿……」

「同じ商いをしている者であるなら、お琴にとっては、よい縁談ではないか」

左近は、お琴が幸せになるなら、それもよしと本気で思った。

「お琴は、父親が政敵に敗れたことで母親までも失い、家を失っている。武家に対する不信もあろう。商人ならば、悪に手を染めぬ限り、理不尽《りふじん》な死を命じられることはないのだからな」

正信は左近の思いを察したのか、

「雪斎殿も、殿と同じ考えなのかもしれませぬな。しかし、殿は徳川のお身内でござるゆえ、三島家のようにはなりますまい」

「さて、それはどうかな」

左近は、正信に厳しい目を向け、小五郎に転じた。

「小五郎」

「はっ」

「雅楽頭の動向を探れ」

「はは」

甲州忍者の小五郎は、頭を下げると背を返し、音もなく立ち去った。

三

神田堀《かんだぼり》の北にある紺屋町《こんやちよう》には、小豆《あずき》という変わった名の長屋がある。

家主が小豆好きだの、小豆でひと儲《もう》けして建てたなどという噂があるが、ここに住む者たちは、ほんとうのことを知らぬ。

穴が開いた土壁が目立つさびれた長屋の名のことなど、誰も興味がないのである。

日々の暮らしどころか、三日も四日も食い物にありつけぬ者が多く住み、店賃《たなちん》もろくに払わぬ無頼者がいるとあって、家主もあきらめ、今では周囲の者も寄りつかぬほどの場所になっていた。

その長屋に、近頃住み着いた男がいるのだが、よく晴れた日の昼過ぎに、男の部屋の前に、瓶《かめ》を積んだ荷車が止まった。

大人がやっと抱えられるほどの瓶を次々運び込むのを、住人たちは物珍しげに見守っている。

当て布だらけのぼろを着た男が住人を押しのけて歩み出ると、荷車から瓶を下ろす男に近づき、物欲しげな顔で訊いた。

「あんた、こいつはいったい、なんなんだい」

手を休めた男が、

「ああ、こいつかい。行灯《あんどん》の油だぜ」

と、こともなげに答える。

「こんなに買い込んで、いったい何をするつもりだい」

「売るに決まってるだろ。おれはな、こいつを売りさばいて、ひと儲けしようと思ってるのよ。あんた買ってくれるかい。今なら安くしとくぜ」

話を聞いた男が手をひらひらとやり、

「そんな銭があったら、酒買うよ」

つまらなそうに言い、自分の部屋に帰った。

見守っていた他の住人たちも興味をなくして、そそくさと帰っていく。

その後ろ姿を見た男は、ふん、と鼻で笑い、仲間と顔を見合わせてうなずいた。

赤い油紙で蓋《ふた》をした瓶を十ほど運び込むと、周囲に目を配り、腰高障子《こしだかしょうじ》を閉めた。

座敷に上がって、裏の障子も閉《た》てると、三人の男は車座《くるまざ》になって酒を飲みはじめた。

部屋に住んでいる男が、座敷に積まれた瓶に目を向けた。

「これだけありゃ……」

「しっ！　声がでかいぞ」

「なぁに、ここの連中は間抜けばかりだ。我らのことに勘づく者などおらぬよ」

「その油断が命取りだ。気をつけろ」

叱《しか》りつけて頰被《ほおかぶ》りを取った男は、月代《さかやき》も整え、武家の家臣といった風情《ふぜい》だ。

顔を引き締めてうなずく男に、武家風の男は、懐から出した小判五枚を渡した。

「当座の金だ。決行の日も近いゆえ、くれぐれも気づかれぬように気をつけろ」

男は黙ってうなずき、金を懐にねじ込んだ。

湯《ゆ》呑《の》みの酒をぐいと飲み干すと、武家風の男は頰被りをしてもう一人の男を促《うなが》して表に出た。

人足《にんそく》のなりをした男が荷車を引き、武家風の男は顔をうつむけて、あとからついていく。

荷車が角を曲がって見えなくなると、ぼろを着た男が、物陰からつと路地に現れた。

そして、まとっていたぼろ着を素早く脱ぎ捨てるや、町人の姿に変装した。

眼光鋭く周囲を見回すのは、小五郎である。

左近に命じられた日から、今日で十日ほどになる。

甲州者を使い、酒井家を探っていた小五郎は、江戸城大手門《おおてもん》前の屋敷に出入りする者ではなく、屋敷から出かける家来の動きを探らせていた。ほとんどの者はまっとうな暮らしぶりであったが、ただ一人、島中《しまなか》という男だけが、怪しい動きを見せはじめたのである。

小五郎は気づかれぬように、荷車のあとを追った。その後、油屋で瓶を買い足した島中は、三河町《みかわちょう》、元飯田町《もといいだまち》、麴町《こうじまち》と回り、同じように、長屋に油を下ろしていった。

まさか、雇った浪人どもに油を売らせているのではあるまいと思いつつ、小五郎は配下の者と入れ替わりながら、あとを追い続けた。今日だけで五軒の長屋を回り、島中が酒井の屋敷へ戻ったのは夜になってからである。

小五郎は裏に回り、土塀《どべい》をひょいと跳び越えて屋敷の屋根裏に忍び込んだ。こうした調べを続けているものだから、酒井家の間取りは熟知している。暗闇の屋根裏を音もなく進み、雅楽頭がいる部屋の上に、いつものごとく潜《ひそ》んだ。耳を澄《す》ました小五郎は、今日もだめかと、こころの中で舌打ちをして顔をしかめた。

下に人の気配はあるのだが、まったく、話し声がしないのである。

天井板の下では、部屋の真ん中を屏風《びようぶ》で囲い、上も塞《ふさ》いだうえで、酒井雅楽頭と島中が火鉢《ひばち》を挟んで座っている。

何も温まっているわけではない。

二人は火箸《ひばし》を一本ずつ持ち、火の消えた火鉢の灰に文字を書き、筆談をしているのだ。

江戸城では老中たちがよくやることであるが、酒井もこうして、秘めごとが他に漏れぬようにしていたのだ。

こうされては、探ることができぬ。

屋根裏から抜け出し、屋敷を退散した小五郎は、甍《いらか》を見上げて舌打ちをした。

「狸《たぬき》め」

言い捨てると、夜の闇へ溶け込んだ。

四

「ほう、油をな」

左近が寝床から出ると、御簾《みす》が上げられた。

真夜中の寝所の下座に、小五郎が座っている。

「雅楽頭様は筆談をされていますので、なんのたくらみかまでは、はっきりしませぬ」

「誰か、城下の絵図と筆を持て」

左近が命じると、雨宮が持ってきた。

畳の上に広げられた城下の絵図に、小五郎が印を入れていく。

それをのぞき込んだ左近は、うなずいた。

「なるほど、城をぐるりと囲んでおるところを見ると、火をかけるつもりだな」

「なんと」

「雅楽頭め、城下を焼き、幕府の転覆《てんぷく》を狙うか」

「手の者を集めて、油を運び込んだ長屋を潰します」

「待て。何ごとにも周到な雅楽頭がたくらむことだ。これがすべてではあるまい」

「では、いかがいたしますか」

「まずは、決行の日と、油を仕掛けた場所を捜し出すことと、雅楽頭が首謀者《しゅぼうしゃ》である証を立てねばならぬ」

「長屋に住む者を締め上げ、口を割らせましょう」

「ひとつでも手を出せば、たちまち知らせが回る。急《せ》いて火をかけられたら、元も子もない」

「はぁ」

「かえでの店には、相変わらず怪しい浪人どもは来ているのか」

「来ております」

言った小五郎が、はっとして顔を上げた。

「殿、何をなさるおつもりか」

「うむ、近う寄れ」

左近は、小五郎の耳元でささやいた。

小五郎は目を丸くしたが、すぐに不敵な笑みとなり、

「では、お待ちしております」

立ち上がると頭を下げ、闇の中に駆け去った。

翌日の夜――。
根津の屋敷を抜け出した左近は、はらはらと小雪が舞う中、一人で浅草にやってきた。

今朝からあえて月代《さかやき》を剃《そ》らず、ほつれた編笠《あみがさ》を被り、無紋《むもん》の古着に淡《あわ》い灰色の袴《はかま》を着けた姿は、どう見ても浪人者。腰には安綱ではなく、無銘《むめい》の太刀《たち》を差している。

お琴の店は上げ戸が閉《た》てられ、ひっそりと静まり返っていた。

かえでの煮売り屋の軒行灯《のきあんどん》が通りを淡く照らし、中からは、酔客のにぎやかな声が聞こえている。

左近は入口で編笠を取り、暖簾《のれん》を潜《くぐ》った。

店の中を見回していると、

「いらっしゃい」

職人風の酔客の相手をしていたかえでが声をかけてきた。

「お侍様、お一人ですか」

他人行儀な受け答えをするかえでにうなずくと、店の端に案内された。

長床几《ながしょうぎ》に腰かけると、隣に座る男たちが話をやめ、左近を見定めるように鋭い目を向けてきた。

前を向いたまま相手にせぬ左近は、

「熱いのを一本もらおう」

それだけを告げる。

「お侍様、大根がおいしく炊《た》けたのだけど、いかがです」

かえでがすすめるので顔を見やると、かえではちらりと隣に目を向けた。

酒井雅楽頭が雇っていると思われる、羽振りのよい浪人たちだと合図したのだ。

「では、大根をいただくとするか」

左近が言うと、けっ、という声が隣から聞こえた。

「浪人のくせに、気取りよって」

言うと、鼻で笑い合っている。

じっと見られているのが目の端でわかっていたが、左近は知らぬ顔を続けた。

「はい、お待ちどおさま」

ちろりを持ってきたかえでが、左近に酌《しゃく》をしながら、

「お侍さん、見かけないお人ですね。旅をされているのですか」

と、小芝居をしてくる。これも、小五郎に命じていたことだ。

左近は話を合わせ、今日江戸に来たばかりだと言った。

「西国《さいごく》の小藩に奉公していたのだが、ゆえあって、今は浪々の身。この江戸で、

仕官先を見つけるつもりだ」

そう言うと、今度は後ろから鼻で笑う声がした。

左近が顔を向けると、総髪《そうはつ》で髭面《ひげづら》の浪人が、小馬鹿にした笑みを浮かべながら、声をかけてきた。

「どこの田舎《いなか》から出てきたのか知らんが、世の中そんなに甘くはないぞ」

「さようでござるか」

「さようでござるよ。まあ、よほど剣の腕が達者なら、なくもなかろうがな」

「剣ならば、自信がござる」

「お、言うねぇ田舎もん」

浪人者は左近の前に来ると、

「石山《いしやま》の旦那。他のお客さんに迷惑をかけないでくださいよう」

かえでが止めたが、石山と呼ばれた男は引かぬ。

左近を見据え、煽《あお》るような笑みを浮かべた。

「おれも剣で仕官を望む者。貴様がどれほどの腕か、試してやろうか」

「やめておこう」

「ふん、怖気づいたか」

「おぬしと勝負して負けはせぬが、一文の得にもならぬ」

「こ、この野郎、馬鹿にしておるのか」

「いや、無駄なことはしたくないだけだ」

「よ、よし、では、貴様が勝てば、一両やる」

石山が懐から、小判一両を出して見せた。

「どうしても損をしたいのなら、お相手いたそう」

左近は立ち上がり、黙って見ている浪人たちに目を向けた。

「すまぬが、どなたか勝負の立ち会いを頼めるか。賭《か》け金の半分で、いかがか」

睨《にら》むように見ていた三人が顔を見合わせ、年嵩《としかさ》の男が答えた。

「おもしろい。わしが見届けてやろう」

続いて、他の二人も見物すると言い、立ち上がった。

左近は石山に続いて出口に向かうと、戸の横に立てかけてあった心張《しんば》り棒《ぼう》をにぎり、外に出た。

外に出るなり石山が抜刀《ばっとう》し、左近に抜けと急かす。

煮売り屋の前は雪のせいで人通りもなく、見物人は店の客だけだ。

正眼《せいがん》に構える石山に対し、左近は心張り棒を右手ににぎり、構えもせずに立っている。

「柳生新陰流免許皆伝《やぎゆうしんかげりゆうめんきよかいでん》の腕を馬鹿にすると、命はないぞ」

石山が言うなり、目の色が変わった。

気合も発さず前に出ると、刀を袈裟懸《けさが》けに斬り下げた。

剣の勝負は、一瞬で決まる。

攻撃側も受け側もない。先に剣を振るった石山だ。隙《すき》を見せたほうが負けなのだ。

隙を見せたのは、先に剣を振るった石山だ。

袈裟斬りに出る一瞬の隙を突き、左近が前に出て右下から心張り棒を打ち上げた。

したたかに下腹を打たれた石山は呻《うめ》き声をあげ、腹を押さえて片膝をついた。

額《ひたい》に脂汗《あぶらあせ》を浮かべながらもなんとか立ち上がり、ふたたび刀を構えようとしたが、

「勝負あり！」

大声を放ち、立ち会いの浪人が止めた。

「真剣であれば、貴様は今頃真っ二つの身をさらしているところぞ。あきらめい」

「く、くそ」

石山は左近を睨みながら下がると、

「覚えておれ」

捨て台詞《ぜりふ》を吐き、逃げ去った。

店に戻った左近は、約束どおり立会人を務めた中年の浪人に半金を払うと、酒をすすめられた。

「さ、酌をさせてくれい」

「おぬし、なかなかの腕前だな。流派はなんだ」

「富田流《とだりゅう》だ」

「ほう、たいした流派ではないか」

中年の男はうなずき、二人の浪人に目配せを送る。

二人とも歳は三十前であろうか、浪人暮らしのあいだに闇の深いところまで足を突っ込んでしまったと見えて、人斬りの目をしている。

薄汚れた肌からは、血の臭《にお》いがする。

中年の男は何者なのか、狂犬のような二人を自由に使っている様子がうかがえる。

「どこの出だ」

「うむ？」

「前は、どこの藩に奉公していたのだ」

「訊いてどうする」

「ふん、まあよい。して、その腕前をどこに売り込むつもりだ」

「水戸か、紀州《きしゅう》あたりを考えておる」

「ほう、また大きく出たものだ」

「親藩《しんぱん》なれば、潰されはせぬからな」

「やめておけ。親藩には名が知れた剣客が指南役で抱えられておる。それよりどうだ、わしに、その腕を売らぬか」

言うと、若い二人が顔を見合わせ、

「源才《げんさい》様、勝手な振る舞いは……」

と、一人が口を挟もうとしたが、源才にぎろりと睨まれ、慌《あわ》てて目を伏せた。

「腕の立つ者は多いほうがよい。そうであろう」

「はは」

「いくらだ」

左近が訊くと、二人が睨み、源才が目を細めて笑みを浮かべた。

「なぜ買うか、理由を訊かぬか」

「剣の腕を欲《ほっ》するとなれば、指南役か、人を斬るしかあるまい」

「ほう、命じれば人を斬るか」

「金の額による」

源才は真顔となり、左近を見つめた。

目を見つめ、奥に潜む真意を探ろうとしている。

「はい、お待ちどおさま」

かえでが大根の煮物を持ってきたことで、源才の殺気が消えた。

左近は眉《まゆ》ひとつ動かさずに、源才の目を見つめている。

「前金で百両。我らと共に敵と闘い、見事勝利したあかつきには、さらに百両出そう」

「受けた」

即答した左近に、源才が微笑む。

「相手は追って沙汰をする。宿はどこじゃ」

「今日着いたばかりで、決めておらぬ」

「では、ついてまいれ」

誰とも知れぬ左近をあっさりと仲間に引き入れた源才に、二人の浪人は不満げな様子だ。

しかし、左近に警戒の目を向けたのみで、反対することはなかった。

「い、今、なんと申した」

「ですから……痛《い》っつう」

正信の前で腹を押さえて顔をしかめるのは、総髪で髭面の男だ。

かえでの店で左近に絡み、下腹をしたたかに打たれた石山こと、石川満輔《いしかわみつすけ》である。

「石川、申さぬか」

「はは。ですから、すべては殿の命によるもの。お頭《かしら》、いえ、吉田様の筋書きどおり、殿と立ち合《お》うて、怪しき者どもの気を引いたのでございます」

「それで殿は、百両で雇われたと申すか」

「御意《ぎょい》」

「して、殿は今、どこにおられるのだ」

「お頭が申しますには、大川《おおかわ》対岸の、小梅村《こうめむら》にある寮《りょう》だそうです」

「ああ、悪い癖が出たわい。まったく、あるじもあるじなら、家来も家来じゃ。つまらぬ芝居をしおって。どこの世に、賊に雇われる一国のあるじがおろうか」

家老である正信の剣幕にも、甲州忍者として修羅場《しゅらば》を潜ってきた石川は動じない。

「お頭がそばにいますし、殿も剛剣の遣い手。安心して待たれるがよろしいかと」

「待て、話はまだ……」

石川は、用事はすんだとばかりに頭を下げ、夜が明けたばかりの外に駆け出していった。

ええい、と膝をたたいた正信は、

「殿が斬られるとは誰も思うておらぬわい」

と苛立《いらだ》ちながらも、何か思いついたのか、ふと天井を見上げた。

「煮売り屋に行ったということは、殿はお琴殿に会われたのであろうか」

五

小梅村の田畑を見渡せる場所に、寮はひっそりと建っている。

竹垣《たけがき》で屋敷を囲い、庭の灯籠《とうろう》には明かりが灯《とも》されていて、離れ部屋の障子から も明かりが漏れている。

「ここにはな、大勢の仲間が暮らしておるゆえ、ちと窮屈に思うかもしれぬが、朝晩の飯も出るでな。宿と思うて自由に暮らすがよい」

「かたじけない」

源才に案内されてきた左近は、暗い裏庭に面した十二畳の部屋に通された。

部屋には先客がおり、五人の浪人者が、夜着《よぎ》にくるまって寝ていた。

布団もない左近は、火鉢のそばで壁に背をつけ、そのまま静かに朝を迎えた。

外が明るくなると、庭に出る人の気配がした。

閉《た》てられた障子を少しだけ開けて外を見ると、寮で働く下男下女が起き出し、一日の仕事をはじめていた。

程なく、寝ている浪人たちが目をさましたが、左近を見て驚くでもなく、陰気な顔をして黙って外に出ていく。

「あんた、いくらで雇われた」

最後まで寝ていた男が、あくびをしながら訊いてきた。

左近が黙っていると、

「源才殿に雇われたのだろう」

うかがうように言う。

「うむ」

「いくらだ」

「前金で百両だ」

金額を聞いて、浪人者が目を丸くした。

「そりゃ凄《すご》い。あんた、よっぽどの遣い手なのだな。それがし、百地美津夫《ももちみつお》と申す」

「新見、左近だ」

「それがしは、これで雇われた」

訊いてもおらぬのに、右手を広げて言う。

「五十両か」

「まさか、五両だ。敵に勝てば十両いただける」

「少ないな」

「そりゃまあ、それがしの腕ならば、仕方がない」

自信なさげな百地は、上方の生まれだという。

さる藩の藩士に仕《つか》えていたが、あるじを失い、昨年江戸に流れてきたのだと言った。

「国にかかあと息子を置いて、なんとか仕官の口を求めて来たのだが、剣も頭も人並みより下とあっては、どうにもこうにもならぬでな。こうなったら盗《ぬす》っ人《と》でも辻斬《つじぎ》りでもして、ひと儲けして国に帰ろうと思っていたところを、運よく拾われたというわけですよ」

「さようか。して、闘う相手とは、いったい誰のことなのだ」

「さあ、剣が苦手なそれがしは、油を運ぶ人足をさせられたのみ」

「油を運んで、何をするのだ」

「詳しいことは、何も知らぬのでござるよ」

百地は首をかしげながら言い、朝餉をとりに行った。

左近は、天井に気配を察して、廊下に人がいないことを確かめた。

「よいぞ、小五郎」

ことり、と音がして、天井板がはずされる。

隙間《すきま》から顔をのぞかせた小五郎が、

「奴らのくわだてを、突き止めました」

薄笑いを浮かべ、下へ飛び降りた。

左近に近づき、詳細を知らせる。

左近のあとを追ってきた小五郎が寮の屋根裏に忍び込み、源才の様子をうかがっていたところ、配下の者と酒を飲みながら、相談をはじめたらしい。

それによると、決行は今月。

強い風が吹く日の夜に、長屋に運び入れた油に火をかけ、江戸を焼き払うという計画だった。

「仕掛けをした長屋は二十箇所。江戸城を囲むように配置されているようです」

「やはりそうであったか。狙いは市中ではなく、城におられる上様であろう」

「上様を？」

「明暦《めいれき》の大火では本丸も焼けている。城下に一斉に火をかけ、逃げ場を奪うつもりだ」

「浪人どもは、火をつけて回るために雇ったのでしょうか」

「おそらく、火つけの邪魔をさせぬための用心棒であろう」

「源才を始末しますか」

「いや、まだ早い。たくらみに雅楽頭が絡んでいるという証を手に入れるまで、手出しは無用だ」

「いかがなさるおつもりで」

「しばらく源才の配下になりすまして、探りを入れる。小五郎は、火種が仕掛けられた残りの長屋を捜し出せ」

「はは」

小五郎は小さくうなずき、天井裏に跳び上がった。板を閉め、梁《はり》の上を歩んで外に出ようとした時、背中にちくりと痛みを覚えて振り向いた。

柱の陰に潜む人影を見ると同時に、背中に刺さった針を抜こうともがいたが、ふっと意識が遠のき、目の前が暗くなった。

天井板を突き破り、下の畳に落ちた小五郎を、数名の忍びが取り囲んだ。頭目らしき男が顎《あご》で指示を出すと、四人が小五郎の手足をつかみ、部屋の外へ運び出す。

その頃左近は、下女から朝餉の支度ができたと知らされ、皆が朝餉をとっている部屋に案内された。

「ああ、新見さん。こっちへどうぞ」

百地が箸を持った手を挙げて、隣が空いていると誘う。

早くしないとせっかくの飯が冷めると言うので、左近は百地の隣へ座った。

味噌汁《みそしる》と飯をよそってくれた下女にかたじけないと頭を下げると、女は驚いた目を向けたが、優しい笑みを残して立ち去った。

「ああ、お福《ふく》のやつ、それがしの時とずいぶん態度が違うな」

百地が不平を漏らしつつも、若い下女がこしらえる黒大豆《くろだいず》の甘煮がおいしいと言って、飯をもりもり食べている。

左近はまず味噌汁を飲んだ。

百地がすすめる甘煮を食べ、飯に箸をつけたところで異変に気づいたが、すでに身体が痺《しび》れていた。

朦朧《もうろう》とする意識の中で、浪人たちが立ち上がり、百地が名を呼ぶ声がしたが、左近は刀に手を伸ばしてそのまま畳に突っ伏した。

六

どれほど時が過ぎたのか、左近は呻き声に気づき、目を開けた。

腐臭《ふしゅう》が鼻をつく。

小さな穴から外の明かりが差し込んでいるが、日が暮れかけているのか、薄暗い。

天井は高く、厚い板壁に囲まれ、一箇所だけ格子《こうし》が組まれていた。

牢屋に入れられたのだと気づくまでに、しばらくかかった。それほど、頭が朦朧としている。

裂いた竹を束《たば》ねた棒を打ちつける音がして、また、呻き声がした。

どこまで知っているのか問いただす声。

しぶとい奴めと罵倒《ばとう》し、ふたたび打ちつける音がする。

左近の牢に、明かりが近づいてきた。

着物にかるさん袴を穿《は》き、皮の袖《そで》なしを羽織《はお》った源才が現れ、手燭《てしょく》を前に出し、牢の中を照らした。

「まんまと忍び込んだつもりであろうが、残念であったな。煮売り屋でした茶番に、惑わされるわしではないわ」

「ばれていたか」

左近が不敵に笑うと、

「ふん。その余裕が、いつまで続くかな。屋根裏で大きな鼠《ねずみ》を一匹捕らえたが、なかなかしぶとい。あれは忍びか」

　口元に笑みを浮かべて、勝ち誇《ほこ》ったように言う。

　小五郎が捕らえられたと知り、左近は顔には出さぬが、かなり動揺していた。

「言わぬなら、煮売り屋の娘の身体に訊いてもよいのだぞ」

「煮売り屋の娘は、我らとは関わりなき者じゃ」

「では、あの鼠は何者だ」

「おれの手の者だ」

「我らのことを、どこまで知っておる」

「知らぬが、察しはつく。雅楽頭に雇われた甲賀者《こうがもの》であろう」

「ほう、幕府大老を雅楽頭などと呼び捨てにするとは、やはり、ただ者ではないようだ」

　源才は顔を横に向け、頭を下げた。

　手燭の明かりが近づいてきて、左近の前に、頭巾《ずきん》で顔を隠した男が現れた。

　羽織袴を着けた武家の男は、手燭の明かりに照らされた左近を見ると、目を鋭く細めた。

「やはり、あなた様であられたか」

武家の男が言うと、源才が訊いた。

「この者は、何者なのです」

「聞いて驚くな。綱吉と将軍の座を争われた、徳川綱豊様じゃ」

「なんと」

源才が目を見張った。

「では、善光《ぜんこう》様を……」

「斬ったのは、この者じゃ」

おのれと声を荒らげ、刀に手をかけた源才を、武家の男が止めた。

「斬られたは、うぬらの頭が未熟ゆえじゃ。うぬはその弟子。斬ろうとして中に入れば、返り討ちじゃぞ」

「むっ」

武家の男は、歯を食いしばる源才の肩をつかんで下がらせた。

「今日は北風だ。今夜あたり、生きたままここで焼け死んでいただくというのはどうじゃ。さすれば火消しどもの目を引けるうえに、うぬらの恨みも晴れよう」

「なるほど、それはよい考え」

源才が左近を睨み、

「徳川の天下も、これまでじゃ」

くつくつと笑うと、背を返して立ち去った。

覆面をした武家の男も去ろうとしたが、左近が呼び止めた。

「貴様は、島中兵衛《ひようえ》だな。将軍が定まったと申すに、何ゆえ、このような真似をする」

「ふん。飾りにすぎぬ綱吉の天下など、定まっておらぬも同然」

「何？」

「天下に号令を出していると見せかけ、裏では老中の堀田が糸を引いてござる。現に、我が殿に蟄居《ちつきよ》を命じさせたのも、堀田の思惑によるもの。その証に、大手門前の屋敷を早々に明け渡すようにとのお達しがござったが、明け渡し後は、堀田が入ることが決まっておる」

「上様とおれの命を奪わんとした雅楽頭にも、非があろう」

「ふん、世のためにしたことじゃ」

それだけ言うと、島中は足早に立ち去った。

外では、牢の周りに薪《まき》と油を敷き詰めるよう指示する声がしている。

拷問《ごうもん》を受けていた小五郎が二人の男に抱えられて来ると、手足を縛られ、左近の前の牢に、突き飛ばすように入れられた。

「小五郎、小五郎！」

声をかけると、小五郎は呻き声をあげて身体を動かした。横たわったまま左近に顔を向け、

「申しわけ、ございませぬ」

血だらけの頰を引きつらせて詫《わ》びた。

「よい。死ぬなよ、小五郎」

「は、はい」

「夜になると火をかけられる。それまでに逃げるぞ」

「おまかせを」

縄さえ解けば、小五郎にとって牢の鍵をはずすなど造作《ぞうさ》もないことだ。帯に仕込んでいる刃物を抜き取ろうとしたが、

「しまった」

小五郎は舌打ちをした。

敵も忍び。手の内はお見通しとばかりに、拷問の最中に刃物を奪われていた。刃物は、鍵を破る道具でもある。

小五郎はそれでも、なんとかしようともがいた。

刻々と時が過ぎ、外が薄暗くなっていく。牢の中は、小五郎の顔すら見えなくなってきた。

外では、出かける準備を促す声がしている。

今火をかけられたら、すべて終わりだ。

小五郎はもがいているが、未だ縄から抜け出せずにいる。

「火をかける支度をせい！」

外で声がするや、静かになった。

「これまでじゃ、小五郎」

「殿、あきらめてはなりませぬ」

「そのとおり、あきらめるのは早いですぞ」

不意に声がして、牢の前に人影が立った。

「誰だ」

男は答えずに鍵をはずし、牢を開けた。

「さ、急ぎませい」

左近が外に出ると、男はすでに、小五郎に肩を貸していた。

刀を渡され、

「こちらです」

男の案内で、出口に向かう。

建物の外に出ると、入口に数名の浪人者が倒れていた。

地面で燃える松明の明かりに照らされた男は、知った顔であった。

「おぬしは……百地殿」

小五郎を座らせた百地が、片膝をついて頭を下げた。

「それがし、酒井忠挙《ただたか》様の命により、源才らの動向を探っておりました」

「なんと、雅楽頭の嫡男《ちゃくなん》、忠挙の命とな」

「はは」

百地が顎を引き、懐から紙を取り出す。

「これに、火種を仕掛けられた長屋を記してございます」

百地が渡した絵図は、血に染まっていた。

左近が見ると、百地は青ざめた顔をして、腹を押さえている。

「そなた、斬られたのか」

「なんの、これしき」

笑みを浮かべた百地であるが、脂汗をにじませている。

寮の裏庭に人が走り来て、

「や！　逃げたぞ！」

大声を出すや、

「であえ、であえい！」

たちまちのうちに、浪人どもに囲まれた。

源才が現れ、覆面をした島中も来たが、

「源才、始末しろ」

命じると、そそくさと逃げ去った。

左近に対峙《たいじ》した源才は、不敵な笑みを浮かべた。

浪人どもが一斉に抜刀する。

「多勢《たぜい》に無勢《ぶぜい》、おぬしに勝ち目はない」

「さて、どうかな」

左近が眼光鋭く言い、刀を腰に差した。

右足を前に出して抜刀すると、正眼に構え、さらに左足を出して太刀を右後ろに寝かせた構えに転じた。

「お手並み拝見と行くか」

源才が一拍の間を空け、斬れと命じた。

「てぇえい！」

正面と右横、同時の攻撃。

左近は迷わず前に出て、上段から斬り下げられた刃《やいば》をかわすと同時に、下から小手を斬り上げた。

手首を斬り落とされた浪人が悲鳴をあげる。

横からかかってきた浪人が背を狙うが、紙一重《かみひとえ》で切っ先をかわし、身を転じて肩を斬った。

ひと呼吸のあいだに二人が斬られたことに、浪人どもが息を呑《の》んだ。

刀を振り上げて斬りかかろうと気合を発した浪人が、左近のひと睨みで縮み上がり、慌てて後ろに引いて尻餅《しりもち》をつく。

左近の強さに、浪人たちは怖気づいた。

その浪人どもの頭上を黒い影が跳び越え、手裏剣を投げる。

左近が刀を振るって手裏剣をたたき落とす隙を突き、黒装束《くろしょうぞく》の忍びたちが斬りかかった。

左近が刀を擦《す》り上げ、闇に火花が散る。

返す刀で首を斬り、背後から突いてきた忍びの切っ先を脇で挟んだが、左近が後ろに向けた切っ先は、忍びの胴を貫《つらぬ》いていた。

左近の剣の凄《すさ》まじさに浪人たちは戦意を失い、一人、二人と逃げはじめ、釣られて皆が逃げ出し、総崩れとなった。

残るは、源才と忍びが三人のみ。

白刃《はくじん》を顔の前で一文字に構えた忍びの二人が、源才を守るべく前に立った。

今一人の忍びは、左近を斬るべく前に出る。

一歩、二歩と歩むと走り出し、

「おおぉ！」

気合声を発して宙へ跳んだ。

左近は身を沈め、太刀を上に振るや、前に走った。

後ろに着地した忍びが身をのけ反《ぞ》らせて倒れるのには目もくれず、源才に迫った。

不意の攻撃に、忍びが慌てて刀を振るが、左近は右へ左へ刃を閃《ひらめ》かせて胴を払い、なおも前に出る。

源才が太刀を抜き払いつつ、後ろに跳びすさった。

にやりと妖《あや》しく笑い、肩に白刃をかけて構える。

対する左近は、右足を少し出し、正眼の構えを取った。

互いの剣気がぶつかり、間合いの空気がぴんと張りつめる。

左近はふっと、身を低くした。

それを隙と見た源才が動く。

左の袖から手裏剣を飛ばすと同時に、肩にかけた太刀を振り上げた。

だが、源才は刀を振り下ろす前に目を大きく見開き、喉《のど》から奇妙な声を発した。

源才の気を悟《さと》った左近は、手裏剣が放たれる前に飛び出し、正眼に構えた太刀をわずかに上げて、側面で手裏剣を擦り飛ばすや、そのまま切っ先を喉に突き入れたのだ。

太刀を引き抜くと、源才は膝から崩れ、倒れ伏した。

左近は血振《ちぶ》りをして納刀《のうとう》すると、深い息を吐いた。

七

小五郎の命令で動いた甲州忍者と町奉行所の働きにより、火種を仕掛けられた長屋は、その夜のうちに押さえられた。

左近の計らいで手柄は町奉行所のものにしたため、将軍綱吉から報告を求められることはなかった。

将軍が代わり、南町奉行《みなみまちぶぎよう》に任じられていた甲斐庄正親《かいのしようまさちか》は、源才なる頭目によって計画された江戸の焼き討ちを、火事の騒動に乗じて盗みを働こうとした盗人一味の仕業《しわざ》として処理し、酒井雅楽頭の関与はなかったものとした。

これも、事件を未然に防ごうとした息子、酒井忠挙の働きに報《むく》いるために、左近が計らったのである。

そして左近は、この件にはいっさい、関わりなきことになっている。

ひと月が過ぎ、ほとぼりが冷めた頃、左近は大手門前の酒井家を訪ねた。

事実上、隠居の身となっている酒井忠清を訪ねると、思わぬことが起きていた。

迎えた忠挙の様子は尋常ではなく、左近が問いただすと、

「こ、こちらへ」

青ざめた顔で案内された部屋には、切腹して果てたばかりの忠清がいた。

時を同じくして、くわだてに関わった島中兵衛も、長屋で切腹をしている。

忠清が残した遺言状には、世を乱さんとしたことを詫び、左近に爺《じい》と呼ばれて

いた頃が懐かしい、と書かれていた。
そして、我が夢果てた今、左近が次の将軍になることを、あの世から祈ってい
る、と。
最後に、倅《せがれ》忠挙をくれぐれも頼むと書き、筆を終えていた。
切腹が将軍綱吉の耳に入れば、命を狙った証と取られて、酒井家はよくて改《かい》
易《えき》、悪くすれば忠挙の切腹となる。
身を震わせる忠挙を落ち着かせた左近は、
「余が今から申すとおりにせよ」
酒井家を救う手立てを、言い聞かせた。
目を丸くする忠挙にうなずき、左近は酒井家を辞した。
酒井雅楽頭忠清の死が公《おおやけ》になったのは、これより四月《よつき》ばかりあとである。
幕府には病死と届けられたが、自害を疑った綱吉は、亡骸《なきがら》を検《あらた》めさせようとし
た。
だが、すでに茶毘《だび》に付《ふ》されていたこともあり、忠清の死の真相が表沙汰《おもてざた》にな
ることはなかったのである。

第二話　五両の命

一

町の通りを行《ゆ》き交《か》う人の着物の色合いが、どことなく明るくなっている。

将軍の死からもうすぐ一年が経《た》つとあって、これまで遠慮していた江戸の民も、そろそろ明るい身なりをしたくなったのだろう。

そして、誰が決めたわけでもないが、遅らせていた婚儀も、来月には堰《せき》を切ったように方々で執《と》りおこなわれるらしく、お琴の友人も、そのうちの一人であった。

ある晴れた日——。

日本橋《にほんばし》を渡ったお琴は、小間物問屋の京極屋《きょうごくや》に来ていた。

京極屋の娘お鶴《つる》とは、お琴が店を開く時に、父親の久右衛門《きゅうえもん》にいろいろ世話になったのを縁に付き合うようになったのだが、歳も近いとあって話も合い、今では仲のよい友人となっていた。

そのお鶴が来月、婿《むこ》をもらうというので、お祝いに駆けつけたのだ。

「相手は、どんな人なの」

お琴が訊《き》くと、お鶴は頰《ほお》をぽっと赤くした。

「このあいだ、風邪《かぜ》を引いた時なんて、毎日顔を見に来てくれたの。気が弱いところが玉《たま》に瑕《きず》だけど」

「優しい証拠じゃないの。幸せになってね」

「うん。ありがとう」

「いいなぁ、お嫁さんか」

お琴が胸の前で両手を結んで笑みを浮かべ、お鶴の後ろの衣桁《いこう》に掛けてある純白の花嫁衣裳《はなよめいしょう》を見た。

「あら、お琴ちゃんだって、もうすぐでしょう」

「ええ？」

お琴は目をぱちぱちとやった。

「やだ。とぼけないでよ」

「とぼけてないわよ。どういうこと？」

「はあ？」

　二人は顔を見合わせた。

「え、でも、室町《むろまち》の石見屋《いわみや》さんの息子と縁談があるって、おとっつぁんが……」

「ああ、あれ」

　お琴は納得してうなずいた。

「義父上《ちちうえ》が勝手に持ってきた話だけど、断ったのよ」

「断ったの！」

「そんなに驚くことかしら」

「だって、石見屋さんの息子といえば、いい男で名が知れたお人だもの。大店《おおだな》だし……」

　お琴が興味を示さぬので、お鶴はくすくす笑った。

「……ま、お琴ちゃんには、左近様しか見えてないか」

「左近様、か」

「どうしたの、そんな顔して」

「左近様は、今旅に出ていらっしゃるから、もうずいぶん会ってないの」

「……そう、知らなかったわ。ずいぶんって、どれくらいなの」

「去年の秋からよ」

お鶴が目を丸くした。

「そんなに前からなの？」

「上方に、武者修行ですって」

「そうだったの。仕官先を探していらっしゃるのかしらねぇ」

お鶴が寂しそうな声で言うものだから、お琴は慌《あわ》てた。

「ごめん。わたしのことはいいのよ。お店もあるし、忙しくさせてもらってるし、寂しくないんだから」

「痩《や》せ我慢してるんじゃないの」

「してるものですか」

寂しいに決まっている。

痩せ我慢もしている。

ほんとうは旅になど出ておらず、もう会わぬために文《ふみ》を送られたのではないかと不安になることもある。

でもお琴は、お鶴に気を使い、精一杯の笑顔を作っていた。

目が潤《うる》むのを悟《さと》られまいと、お琴は庭に顔を向けた。

「今日もいいお天気ね」

言いつつ縁側に立ち、空を見上げる。

──今頃左近様は、どこで何をされているのだろう。

そう思うと、とうとう目から涙があふれ出た。

「ほんと、いいお天気」

横に並んだお鶴がそっと手拭《てぬぐ》いを差し出してくれるのを受け、

「ごめん。わたしったら……」

「好きなのね、左近様のことが」

「………」

お琴は涙を拭いながら、うなずいた。

「でももう、お会いできないような気がするの」

「江戸に戻ってこられないって言うの」

「なんだか、そんな気がするの」

「お琴ちゃん……」

「ごめん。おめでたい時にこんな顔して」

「大丈夫。左近様は、きっと戻ってくるわよ」

「うん、そうね、ありがとう。ああもう、だめね。お祝いに来たのに、心配かけちゃって。ほんとごめんなさい」

「何言ってるのよぅ。そんな顔、お琴ちゃんらしくないわよ。ほら、元気出して」

お鶴が励《はげ》ましていると、急に店が騒がしくなった。

客のにぎわいではない様子に、

「何かあったのかしら」

お鶴が言うので、お琴も一緒に店に出た。

番頭や女中たちが悲鳴に近い声をあげている。

ただならぬ様子に、廊下に立って店の様子を見ていた者の背に向け、お鶴が何ごとかと問うと、中年の女中が振り向き、

「ああ、お嬢様、おきゆ様が、おきゆ様がぁ……」

しがみつくようにして、泣き崩れた。

「おきゆがどうしたの。ねえ、何があったのよ」

お鶴とお琴が店に出ると、表から棺桶《かんおけ》が運び込まれるところだった。

中間《ちゅうげん》が担《かつ》ぐ棺桶を、土間に下ろせと指示をした中年の侍が、お鶴の両親に向かって、

「事情は今述べたとおりじゃ。娘御《むすめご》には気の毒じゃが、ことがことゆえ、当方も困惑しておる」

言われて、父親の久右衛門と、母親のくのが、娘がとんだことをしでかし、申しわけないと頭を下げた。

侍は下唇《したくちびる》を突き出してうなずくと、懐《ふところ》から大事そうに紙を出し、両親の前に広げて見せた。

「これが、証《あかし》の極書《きわめがき》である。弁償金五千両を払ってもらわねばならぬが、不服があれば町役人《ちょうやくにん》に申し立てても構わぬぞ」

「不服など、滅相《めっそう》もございません。ただ、あまりの大金でございますので、すぐにと申されましても……」

「娘が割った茶器は、この世に二つとない久貝《くがい》家の家宝。殿が先祖から受け継いだ宝であり、とうてい値のつけられる物ではござらぬ。本来なら京極屋、おぬしらにも責めを負ってもらいたいところであろうが、殿は金でことを丸く収めると申されておるのだ。そこのところを、わかってもらわねばならぬ」

「弁償金は必ず用意いたしますので、しばらくのご猶予《ゆうよ》を……何とぞ、よろしくお願いいたします」

「なるべく早くすることじゃ。よいな」

「ははぁ」

娘が冷たくなった悲しみに耐え、お鶴の両親は震えながら、侍に頭を下げた。帰っていく侍の顔を見たお琴は、なんだかいやな気分になっていた。頭を下げる両親を見下ろした侍が、ほくそ笑んだように見えたのだ。

侍たちが帰るや、両親とお鶴は棺桶にしがみつき、おきゆの名を叫んだ。

痛ましい事件が起きてしまったのは、昨日のことだ。

お鶴の妹のおきゆは、行儀見習いのために、駿河台《するがだい》の二千石旗本、久貝勝信《かつのぶ》の屋敷に奉公していたのだが、勝信の部屋を掃除している時に、家宝の茶器を誤って割ってしまった。

ちょうど戻ってきた勝信が、割れた茶器を見て激怒し、あやまるおきゆを手討ちにしたという。

祝言《しゅうげん》どころではなくなってしまったお鶴に、なんと声をかけたらいいのか。

お琴は、妹の亡骸《なきがら》の前で悲しみに暮れるお鶴の背中に手を当て、ただただ、さすることしかできなかった。

二

「そんなことがあったんですか。それは気の毒だねぇ」

夕餉《ゆうげ》の支度をしながら、およねが眉《まゆ》をひそめて言った。

茶碗と湯呑《ゆの》みを並べた膳《ぜん》は、権八《ごんぱち》のぶんと合わせて三つだけだ。

湯気が上がる煮物の皿を置くと、

「おお、こりゃ旨《うま》そうだ」

さっそくつまもうとする権八の手をおよねがぺしりとたたき、行儀が悪い亭主を睨《にら》みつけた。

「それじゃ、お鶴ちゃんの祝言は？」

およねに訊かれて、お琴はため息をついた。

「先に延ばすことになるでしょうね」

「可哀そうに、あれほど楽しみにしていたのにねぇ」

「なぁ、お二人さん。さっきからなんの話をしてるんだい」

権八が、お琴とおよねを交互に見た。

「日本橋の京極屋さんとこのお鶴ちゃんは、お前さんも知ってるだろう」

「ああ、ころころした顔の娘さんかい」

「ころころした顔って、どんなのさ」

「そりゃおめえ、あれだ……」

権八が説明しようとして唇をぺろりと舐《な》め、ちらりと女房を見てあきらめた。

「ありゃ、何に似てんだろうな、犬か？　見ようによっちゃ可愛らしいが、あんまし別嬪《べっぴん》じゃねえよな」

「ひょっとこ顔のお前さんに言われたかないよう」

「そりゃそうだ……って馬鹿やろ」

権八が目をむいて言い、酒の徳利《とくり》をにぎった。

お琴が注いでやろうとするのを断り、湯呑みで冷たいのをぐいっと呷《あお》ると、うめぇと言って、およねに顔を向けた。

「それで？　お鶴ちゃんがどうしたって？」

「お前さんがつまらないこと言うから、どこまで話したか忘れちまったじゃないか」

「まだなんにも聞いちゃいないよ」

「だからさ、お鶴ちゃんの妹のおきゆちゃんが、お手討ちにされたんだってさぁ、可哀そうに」

「おきゆちゃんといやぁ、これまたころころとした、あの別嬪さんかい」

「お前さん、なんで知っているのさ」

「前にいっぺん、ここに来たことがあるだろう。奉公に上がるとかで、簪《かんざし》を買いによ」

「よく覚えているねぇ、肝心《かんじん》なことはすぐ忘れるくせにさ」

「一言多いんだよてめえは。なんで？　あんな別嬪さんが、なんで手討ちにされなきゃならねえんだ」

「だからさ……」

およねからことの子細《しさい》を聞かされた権八が、湯呑みに手酌《てじゃく》をする手を止めた。

「今、久貝と言ったか」

「言ったよう。それがなんだい」

「前にも、おんなじような話を聞いたことがあるぞ」

「ほんとかい、お前さん」

「おお、大工仲間から聞いたんだがよう、店の修復に通っていた神田《かんだ》のなんとかという味噌問屋《みそどんや》の娘が、奉公先の高価な皿を割ったとかで家に戻されてな。手討ちにゃならなかったが、割っちまった皿の弁償金三千両を請求されて、払えねぇのを苦に一家心中したらしいぜ。確か奉公先が、久貝って名の旗本だったはずだ」

「いつのことなの」

お琴が訊くと、権八は天井を見上げた。

「正月前だったかなぁ」

「同じお旗本だとすると、なんだか変ね」

「こいつは、悪の臭《にお》いがぷんぷんするな。左近の旦那がいなすったら、ちょちょいと解決……」

権八は言いかけて、はっと目を丸くし、手で口を塞《ふさ》いだ。

女房にじっとりと睨まれた権八は、素直に頭を下げた。

「す、すまねぇ」

「い、いいのよ。気にしないで。それより、権八さんが言うとおり裏で悪事があるなら、また誰かが同じ目に遭《あ》わされるかもしれないわね」

「でもおかみさん。相手がいくらお旗本でも、人一人殺《あや》めたのだから、何かお調べがあるでしょう」

「だといいんだけど」

お琴の不安は的中した。

おきゆの死は、町役人による詮議《せんぎ》がおこなわれたのだが、あくまで形ばかりのもので、旗本に対する不服申し立ても、御目付《おめつけ》による詮議もなかった。

申し立てたところで、相手は将軍家直参《じきさん》旗本。

割れた茶器の極書まであるからには、京極屋にとうてい勝ち目はないと、町役人たちが決めつけたからだ。

ことを荒立てては、店の評判もそうだが、何より、お鶴の縁談にもよくない。

はなから争う気がなかった久右衛門は、町役人の言うとおりに従い、五千両の弁償金を支払うことを決めた。

そして、七日後の夜になって、おきゆの通夜をおこなったのだ。

別れに駆けつけたお琴は、その席でおきゆを運んできた侍の顔を見つけ、それとなく目を光らせていた。

偉ぶるでもなく、おきゆの両親とお鶴に頭を下げ、お悔《く》やみの言葉をかける姿を見ていると、あの日に見せた不敵な笑みは、気のせいだったのだろうかと思った。

しかし、顔を上げた侍と目が合ったお琴は、その鋭さに怯《おび》え、思わず目をそらした。

恐る恐る目を戻すと、侍はまだこちらを見ている。

お琴は気持ちを探られたような気がして怖くなり、その場から立ち去った。

お琴の背を見上げた侍の前に、久右衛門が座った。

「松本《まつもと》様、どうぞ、あちらでお休みになってください」

「いや、拙者は戻らねばならぬ。このような時になんだが、殿は気が短いお方でな。弁償金は、早いうちに納《おさ》めることだ」

「はい、なるべく早く、用意いたします」

「十日後に、また来る」

「と、十日でございますか」

「申したであろう。殿は気が短いお方なのだ。早くせぬと、お怒りになられて何を申されるやわからぬぞ。弁償金の額を上げるなどと申されては、京極屋、おぬしも困るであろう」

「は、はい」

「では、十日のうちに用意いたせ。しかと、申しつけたぞ」

弁償金について念を押すと、そそくさと帰っていった。

見送りもせず、がっくりと肩を落とす久右衛門の前に近づくのは、初老の男だ。

気の毒そうに眉をひそめ、

「京極屋さん、話を聞かせてもらいましたよ」

「ああ、美濃屋《みのや》さん」

久右衛門が頭を下げるのをやめさせ、小声で言った。

「大変なことになりましたな。娘さんを殺されたうえに、十日で五千両なんて、まぁようも、あのような無体《むたい》なことが言えたものですな」

「まったくです」

「用意できるのですか」

久右衛門は、首を横に振った。

「どうかき集めても、三千両がいいとこですよ。歳末ならば、どうにかなったのでしょうが」

「あと二千両ですか、大金ですなぁ。どうなさるおつもりで」

「蔵前《くらまえ》に金を貸してくれるところがあるので、なんとかなるでしょう」

「蔵前？　まさか、札差《ふださし》の鍋島屋《なべしまや》じゃないでしょうな」

「ええ、そうですが」

「あんなところで借りるのでしたら、あたしが用意してあげましょうか」

「それでは、ご迷惑が……」

「なぁに、他ならぬ京極屋さんのためだ。この仙蔵《せんぞう》が、ひと肌脱ぎましょう」

「ほんとうですか」

「では、二日後に用意しておきますので、取りに来てください」

仙蔵はそっと肩をたたき、人目につかぬよう気を配りながら帰っていった。

三

翌日もお鶴のそばにずっとついていたお琴は、葬儀が終わった夕暮れ時に、浅草に戻った。

久貝家の者が葬儀に来なかったこともあり、参列者のあいだでは、よからぬ噂《うわさ》もささやかれていた。

大部分は、権八が言っていた味噌問屋のことと、今回も同じような騒ぎだから変だという噂だが、だからといって、何をどうするという話ではない。

行儀見習いもいいが、奉公に出す相手には気をつけないといけないとか、殿様に気に入られたが拒《こば》んだために手討ちにされたなどと、こころないことをささやく者もいた。

お琴はそのような噂をお鶴の耳に入れぬよう気を配りつつも、久貝家の悪事をどうやって暴《あば》いてやろうか考えていた。

そして、浅草に戻る頃になって、江戸城辰ノ口《たつのくち》にある幕府評 定所《ひょうじょうしょ》に投げ文をすることを思いついた。

評定所は、老中、寺社奉行、勘定奉行《かんじょうぶぎょう》、町奉行、大目付《おおめつけ》、目付などが集まり、幕政の重大事や、大名や旗本で起きた紛争《ふんそう》を審議する場でもある。

久貝家の噂を書き立てた書状を評定所に投げ入れれば、ご公儀が探索に乗り出すかもしれない、と考えたのである。

「それはだめだ、お琴ちゃん。悪いことは言わねえ、やめときな」

権八がきっぱりと言い切った。

「あら、どうしてだいお前さん」

およねが口を尖《とが》らせて訊く。

「投げ文したところで、名と在所を書いてない物は焼き捨てられるって話だぜ。それによ、名を書きゃ、役人に目をつけられる。なんとかっていう旗本に、言いがかりだと逆に訴えられでもしたら、お琴ちゃんに累《るい》が及ぶことにもなりかねねえぞ」

「お前さんにしちゃ冴《さ》えてるね。おかみさん、やめといたほうがいいよう」

「でも、なんだかすっきりしないのよ。おきゆちゃんを殺めたくせに、十日のうちに五千両も払えだなんて。ひどすぎると思わない？」

「それは、まあ……」

夫婦は顔を見合わせた。

「こんばんは」

その時、店に明るい声がした。

訪《おとな》いを入れて潜《くぐ》り戸《ど》から姿を見せたのは、隣で煮売り屋を営む、かえでだった。戸を閉《た》てた薄暗い店の中に立つかえでであるが、色白の瓜実顔《うりざねがお》がくっきりと浮かんで見える。手には布をかけた器《うつわ》を持っていて、湯気が上がっていた。

迎えに出たお琴に、

「おいしいのができたから、食べて」

「まあ、ありがとう」

差し出しつつ、かえでは店を見回した。

「今日はお休みしてたのね」

「そうなの。友達の家で、葬式があったものだから」

「前に聞いた、日本橋の……」

「そう。今もね、すっきりしないから、評定所に投げ文しようか話していたところなの」

「えっ！」

かえでが、ぎょっとした。

「かえでさんも、しないほうがいいと思う？」

権八が言ったことを教えると、かえでもそのとおりだとうなずいた。

「でも悔しいのよ。なんとかならないかしら」

お琴が不満げに、頰を膨《ふく》らませる。

「そうねえ……町役人が訴えないと決めたのなら、難しいわね。町奉行所に相談しても、旗本屋敷で起きたことには手が出せないでしょうし」

「悔しいわね。どうにもできないなんて。家宝だからといって、茶器が人の命より重いなんて、納得できないわ」

煮物の匂いに誘われて現れた権八が、

「こりゃ、隣のおかみさん。相変わらず別嬪だねぇ」

と、調子のいいことを言って、手を擦《こす》った。

「左近の旦那がいなさったら……」

またも口を滑らせ、慌てて塞いでいる。

かえでが苦笑いをしていると、背後の潜り戸に人の気配がした。

ぬうっと顔をのぞかせたのは、治平《じへい》親分だった。

「あら親分さん」

かえでが言うと、治平はにんまりと笑みを浮かべた。

「店に顔を出したら、客の野郎がここだと言うもんでな。一杯飲ませてくんねえかい」

どうやら迎えに来たらしい。

「はいはい。すぐ戻ります」

「すまねえな。先行って待ってるぜ」

「あ、親分さん」

お琴が引き止めた。

「なんだい」

「聞いてほしいことがあるのだけど」

美人で評判の三島屋の女将《おかみ》に言われては、治平親分も無下《むげ》にはできぬ。少し照れた様子でうなずいた。

「飲みながら聞こうか」


「お待ちどおさま」

かえでからちろりを受け取り、お琴が酌をした。

熱いのをぐいと飲み、治平親分は口をへの字にして難しい顔をしている。

「なぁるほどな。神田の味噌問屋のことはよう、小耳には挟んでいたんだが、とうとう死人が出ちまったか」

「町奉行所は、今回のことは知らないのかしら」

「町役人に届けたんなら、奉行所へはなんらかの知らせが届いているはずだ。でもよ、相手が悪い」

「お旗本、だから？」

「そう。旗本の屋敷内でのことは、御目付役の縄張りだ。おれから八丁堀《はっちょうぼり》の旦那に言ったところで、どうにもならんな」

「そう……」

がっかりするお琴を見て、治平が訊いた。

「左近の旦那はなんて言いなすってるんだい」

「……………」

お琴は笑みを浮かべて、首を横に振った。

「あれ、まさか、出ていっちまったのかい」

「ちょいと親分さん、知っててわざと言ってるのかい」

お琴たちについてきて、横で亭主と煮物を食べていたおよねが怒った。

「なんだよ。おれは何も知らねえぞ」

「出ていくも何も、左近様はね、初めからおかみさんと一緒に暮らしちゃいないんだよう。毎日のように来てただけ。勘違いしないでおくれよう」

「そうだったのかい。で、今はどこにいなさるんだ？」

「知らないよう。こんなにいい娘《ひと》を置いて旅に出るようなこん、こ、こ、こんこんちきのことなんか」

「およねさん」

「だってそうじゃないの、おかみさん。肝心な時にいなさるのが、左近様のいいところだったのにさあ。これじゃ、そのへんのいけ好かない風来坊《ふうらいぼう》と一緒だよう」

「おい！」

権八に背中をたたかれて、およねは向けられている鋭い目に気づいた。

店の入口で飲んでいた浪人者が二人、ぎろりと睨んでいる。

治平がそれとなく十手《じって》を抜いて肩をたたくと、浪人者は舌打ちし、銭を置いて帰っていった。

毎度ありと送って出たかえでが、板場で働く吉田小五郎と目顔を見合わせている。

「まあ、そういうことだから、あきらめな」

治平が帯に十手をねじ込みながら、話を切るように言った。

「当の京極屋が評定所に訴えねえんだから、ここでどうこう言ってもはじまらねえだろ。な、ことがことだけに、これ以上首を突っ込まないこった」

ごちそうさんと言って銭を置き、忙しそうに立ち上がった。

お鶴を案じるお琴は、どうにもならぬことにため息をついて口を尖らせ、飲めもしない酒に手を伸ばした。

四

久右衛門は、神田筋違御門《かんだすじかいごもん》の南にある雉子町《きじちょう》の口入屋《くちいれや》、美濃屋仙蔵の店を訪れた。

武家屋敷から岡場所まで、手広く人を回していることもあり、美濃屋は繁盛《はんじょう》している。

久右衛門が暖簾《のれん》を潜った時も、職を求める者と働き手を求める者が入り交《ま》じり、大にぎわいであった。

手代《てだい》によって奥の部屋に案内された久右衛門が、繁盛ぶりに驚いたと言うと、仙蔵が莞爾《かんじ》として笑い、江戸市中に商家が増え、働き手が足りなくなったからだと応《こた》えた。

久右衛門の店でも、仙蔵の紹介で何人か雇っている。

身元もはっきりしており、よく働く者ばかりなので、美濃屋の紹介なら間違いないとの評判が広がり、繁盛しているのだ。

「それで、今日は折り入ってご相談が」

久右衛門が居住まいを正すと、事情を知る仙蔵も、真顔となった。

「娘の葬儀を終えて方々走り回ったのですが、どうしても、千二百両足りません。そこで、先だってお聞かせいただいた話なのですが……」

「わかりました。千二百両、お貸しいたしましょう」

仙蔵は最後まで聞かずに承諾した。

「おい、用意してさしあげなさい」

仙蔵が命じると、番頭が千両箱を出してきた。

「さっそく、ありがとうございます」

「いやいや。他ならぬ京極屋さんの頼みだ。返すのは、千二百両の金ができてからでいいですから」

「それは、助かります」

「あたしとあんたの仲だが、一応、ここに判を押していただきますよ」

仙蔵が目を細めて穏やかに言い、久右衛門の前に証文を差し出した。

「間違いがあったら大変だからね。しっかり、目を通しておくれよ」

言われて、久右衛門は目を走らせた。

金千二百両は、すべて揃《そろ》ってから一括《いっかつ》で返す約束事が書かれている。

利子もなし。

借り手としては、これほどありがたいことはない。

「ほんとうに、これでよろしいので」

久右衛門は、申しわけなくなってきた。

「なぁに、千二百両なんて金は、今のあたしにとってはなんてことない。困った時は、お互い様ですよ」

「ほんとうにありがたい」

久右衛門が拝《おが》むように手を合わせると、仙蔵が困ったように笑った。

「よしてくださいよ。今は儲《もう》けさせていただいてますがね。明日は我が身。あたしだって、いつ災難に遭うか。その時は、京極屋さんに助けていただきますから」

「それはもう、お助けしますとも」

「ほんと、頼みますよ」

「まあ、美濃屋さんが倒れる時には、江戸中の商人が倒れていますがね」

「はは、ご冗談を」

久右衛門は証文に名を入れ、爪印《つめいん》を押した。

「では、これを」

受け取った仙蔵が検《あらた》め、番頭に渡した。

「どうです、軽く一杯」

「せっかくのお誘いですが、久貝様のことを一刻も早く終わらせとうございますので、これで」

「これから、金を納めに行きますか」

「はい。近いうちにお礼の席を用意しますので、その時はゆっくりと」

「わかりました。楽しみにしていますよ、京極屋さん」

「では」

頭を下げ、手代に金を運ばせた久右衛門は、美濃屋をあとにした。

一旦日本橋に戻り、残りの金子《きんす》を荷車に載せると、外が明るいうちに駿河台へのぼった。

二千石の大身《たいしん》とあって、久貝家の門は立派な長屋門である。

門前に行くと、番所に詰める門番に用件を伝えた。

大門が開かれたが、商人風情《ふぜい》が通れるわけもなく、出てきた家臣たちによって、荷車が引き入れられた。

久右衛門は開け放たれた大門ではなく、潜り門から中に入り、中間のあとについて玄関を横切り、中庭に向かった。

白砂《はくしゃ》が敷き詰められた庭には、荷車も引き入れられている。

その横に座ると、程なくして座敷の障子が開けられ、あるじ、久貝勝信が現れた。

光沢《こうたく》のある空色の絹の羽織《はおり》に、灰色の袴《はかま》を着けた久貝は、青白い顔をしている。口を真一文字に引き締め、一重《ひとえ》の目をさらに細めた瞼《まぶた》の奥には、刺すような鋭い眼光がある。

久右衛門はまず、娘のおきゆが茶器を割ったことを詫《わ》び、頭を下げた。

久貝は顔色ひとつ変えずに、庭に平伏《へいふく》する商人を見下ろしている。

「弁償金を納めにまいったと申すか」

「ははあ」

久右衛門は、荷車の覆《おお》いを取った。

積まれた千両箱を見てもぴくりともせず、久貝は久右衛門を睨みつけている。

「おぬしの娘に割られた茶器はの、荷車いっぱいに千両箱を載せても足りぬほどの価値があるものじゃった。たかだか五千両で許してやるは、娘が命をもって償《つぐな》ったからじゃ。このこと、忘れるでないぞ」

「久貝様のお慈悲《じひ》には、感謝しております」

久右衛門が平伏する横で、家来たちが千両箱を下ろし、廊下に積み上げた。

その中のひとつを開けさせ、山吹色《やまぶきいろ》に輝く小判が詰められていることを確かめた久貝が、口をへの字にしてうなずいた。

「こたびはこれで、痛み分けといたす。以後、当家の門を潜るでない」

厳しく言い置くと、久貝は背を返し、屋敷の奥に入った。

家来によって閉められた障子に向かい、さらに頭を下げた久右衛門は、家来が門外へ引き出す荷車についていき、潜り門から外へ出た。

待っていた店の者に、

「これで、おきゆのことはけりがついた。お前たち、今日からまた、よろしく頼むよ」

沈みきった顔つきで言うと、背を丸めて、日本橋へ帰った。

その十日後、娘を失った悲しみを乗り越えるためにも、京極屋は商《あきな》いを再開した。

待っていてくれた客たちが訪れ、店に笑顔が戻った。

久右衛門は一人一人に声をかけ、葬儀のお礼と、品薄になってもよそに鞍替《くらが》えしなかった店のあるじたちと接して、人の情というものは温かいものだ、自分も困った人を助けねばと、つくづく思った。

知らせを受けて駆けつけてくれた三島屋の女将に、これからもお鶴と仲よくしてやってくれと頼んだ。

幕府の評定所に投げ文をしようとしてくれたことを、大工の権八から聞かされた時は、美しい顔に似合わぬ激しいこころをお持ちだと冷や冷やしたが、自分たちを案じてそこまでしてくれようとしていたのだと思うと、ありがたくて涙が出た。

今も、娘のお鶴と話をしながら、品物をたくさん仕入れてくれている。お鶴も明るい様子で小物を選び、お琴の好みの物をすすめている。思えば、お鶴の笑顔を見るのは、おきゆが冷たくなって帰ってきて以来、初めてのことだ。

延ばしていた祝言を三月《みつき》後にすると決めた時も、まだ早いと言い、浮かぬ顔をしていた。

「祝言が、三月後に決まったの」

錦《にしき》の紙入れを見ながら、お鶴がお琴に言った。

お琴がなんと言うか、久右衛門は聞き耳を立てた。

「あら、よかったじゃない」

「まだ早いんじゃないかと言ったんだけど、おきゆも婚礼を楽しみにしていたんだからって、おとっつぁんが言ってくれたの。でも、あたしだけ幸せになるのは、妹に悪くて……」

目を潤ませるお鶴を見て、お琴も目尻を拭い、お鶴を抱き寄せた。

「何言ってるのよ、お鶴ちゃん。あんなに明るかったおきゆちゃんだもの、お鶴ちゃんの幸せを喜んでくれるわよ」

「いいのかしら、ほんとに」

「あんなに仲よしだったんだもの。自分のせいで婚礼がだめになったなんて知ったら、おきゆちゃん、きっと悲しむわよ」

「よく言ってくれました、お琴ちゃん」

そこまで聞いて、久右衛門は思わず、お琴の手をにぎっていた。

五

突然手をにぎられて、お琴は目を見張った。

手が潰れそうなほど痛いが、温かい。

久右衛門の笑った顔は、お鶴によく似ていると思った。

「これからも、お鶴と仲よくしてやっておくれ」

「も、もちろんですとも」

ようやく手を離した久右衛門は、お鶴に顔を向けて、

「婚礼の話を進めてもいいね」

娘がうなずくのを確かめると、ほっと胸をなでおろした。

「お琴ちゃん、今日はなんでも好きな物を持っていっておくれ。ほんのお礼だから遠慮せずに、いいね」

代金をもらったらいけないよとお鶴に念を押し、久右衛門は仕事に戻っていった。

お鶴がくすりと笑った。

「あんなに明るいおとっつぁん、久しぶりに見たわ」

「娘が幸せになるんだもの、嬉しいに決まってるじゃないの。おきゆちゃんのぶんも、幸せにならないとね」

「うん」

お鶴はこころに決めたようで、お琴は安心した。

「お琴ちゃん」

「はいはい」

「ほんとに、ありがとう」

「じゃあ、おじ様のお言葉に甘えて、これいただこうかしら」

お琴が手にしたのは、錦織《にしきおり》の紙入れだ。値が張る物ではないが、ぱっと目につく赤色の花柄が雅《みやび》で美しかった。

「だめよ、遠慮しちゃ」

お鶴が選んだのは、鼈甲《べっこう》の櫛《くし》だ。ひとつ十両もする品に、お琴は目を丸くした。

「そんなに高い物、いただけないわよ」

「いいじゃないの、おとっつぁんが言うんだから。いいわよね、おとっつぁん」

お鶴が声をかけて櫛を見せると、久右衛門は満面の笑みでうなずいた。

「なんだか、悪いわ」

「いいからいいから」

お鶴はお琴の頭に手を伸ばし、櫛を取り替えた。

「ほら、とっても似合ってる」

手鏡を渡されたので、お琴は自分の姿を見た。確かに、鼈甲の櫛は美しい。鏡の中に人影が映《うつ》ったのは、やはり高価な品はいただけないと思い、櫛に手を伸ばした時だった。

「ごめんよう。あるじはいるかい」

柄《がら》の悪い声に振り向くと、三人の男が立っていた。

お琴が真ん中の男と目が合うと、ぎろりと睨み返してきて、

「客に用はねえ、とっとと失《う》せやがれ」

と、今にも刃物を出しそうな顔つきで言われた。

他の客は子分たちに睨まれて気圧《けお》されてしまい、巻き添えを避けてそそくさと帰っていく。

「あなたたち、いったいなんなのですか」

お鶴が真ん中の男に毅然《きぜん》と言い放つ。

「お嬢ちゃん、気が強いのは結構だが、怪我《けが》をするぜ」

相手にせぬといった態度の男は、慌てて出てきた久右衛門に鋭い目を向けた。

「あんたが、ここのあるじかい」

「さようでございますが」

何者かとうかがう目を向ける久右衛門に、男はずいと身を寄せた。

「おれはな、神田の熊虎《くまとら》だ。おめえさんも商いをする者なら、この名を知ってるだろう」

「へえ……」

悪徳で知られる高利貸しの名を耳にし、久右衛門は怪訝《けげん》そうな顔をした。

「で？　手前どもに、なんのご用でしょう」

「決まってらあな。貸した金を、返してもらいに来たのよ」

「いったい、なんのことで」

「何も聞いちゃいねえようだな。おう」

熊虎が顎《あご》で指図すると、子分の一人が外に向かって、連れてきな、と声をかけた。

すると程なくして、顔に痣《あざ》を作った美濃屋の仙蔵が、両脇を抱えられ、引きずられるようにして連れてこられた。

仙蔵は久右衛門の顔を見るなり、足下《あしもと》に座って見上げた。

「す、すまない。久右衛門さん」

震える手を合わせて何度もあやまるのを、久右衛門が止めた。

「いったい、何があったのです」

「お上の普請場《ふしんば》で大きな手抜きが見つかってしまってね。あたしが送った人足《にんそく》たちがしたことだから、責めを負わされてしまったのですよ。これまでかかった費用を弁償することになってしまってね……」

「そこで、おれに金を借りたというわけだ」

熊虎が割って入った。

「ところが、約束の期限になっても返しやがらねえ。わけを話さねえから見てのとおりの顔にしてやると、このお人好《ひとよ》しは、てめえが切羽詰《せっぱつ》まっているくせに、人に金を貸したとぬかしやがるじゃねえか。呆《あき》れて物も言えねえぜ。なあ、あんたもそう思うだろ」

「は、はあ」

「思うだろ！」

しつこく迫られ、久右衛門はごくりと喉《のど》を鳴らした。

「し、しかし、美濃屋さんほど景気のよい人が、金がないなどと」

「あるように見えてないのが金だ。こいつは派手にしていたが、中身は空っぽ。ただの見栄っ張りよ」

頭を小突かれ、仙蔵が呻《うめ》き声をあげた。

「乱暴はいけません」

久右衛門は恩人を助けようとしてあいだに身を入れた。

「助けたけりゃ、こいつに借りた千二百両、今ここでそっくり返すことだな」

証文を見せながら言われて、久右衛門はぎょっとした。

「そ、それは……」

「美濃屋がお前さんに渡した金は、おれが貸していた物の一部だ。ということは、この証文はおれの物ってわけだ。さ、返してもらおうか」

「い、いきなりそのようなことを申されましても、今はありません」

「返せねぇとぬかしやがるか」

「三月《みつき》、いえ、二月《ふたつき》待っていただけたら、必ず……」

「待てねえな。こちとら、美濃屋に半年も待たされてんだ。払えねぇなら、この店をいただこうか」

「何を馬鹿な。この店がいくらすると思っているのです。日本橋の一等地ですよ」

「うるせぇ！」

「ひっ」

「一等地だろうが沼地だろうが、金を返せねぇならかわりにいただくまでよ。さ、沽券状《こけんじょう》（権利書）を持ってきな」

「あまり無体なことを申されますと、奉行所に訴えますぞ」

久右衛門が震えながら言うと、熊虎が薄笑いを浮かべ、唇を舐めた。

「このおれ様に、そんな脅《おど》しが通ると思ったか」

言うなり、子分たちが長どすを引き抜いた。

店の者たちが悲鳴をあげて奥に下がり、ことのなりゆきを見守ろうと残っていた客も外に逃げ出した。

そのどさくさに紛《まぎ》れて、子分たちがお鶴を捕まえに来た。

「お鶴ちゃん、逃げて」

お琴が手を引いて表に逃がそうとしたが、あと少しのところで捕まり、突き飛ばされてしまった。

子分が店の出口でお鶴を後ろから抱きしめ、別の子分がどすの切っ先を顔に向けた。

「おとっつぁん！」

「お鶴！」

「娘の命が惜しけりゃ、店の沽券状を出すことだな、京極屋」

「わかった、今持ってくる」

「だめよ、おとっつぁん。こんな人の言うことを聞いちゃだめ！」

「お鶴、お前は黙っていなさい」

「おとっつぁん！」

「うるせぇ娘だなあ。おう、黙らせろ」

熊虎に言われ、お鶴を抱きしめていた子分が手で口を塞いだ。

突き飛ばされたお琴が、助けを呼ぼうと立ち上がろうとした時、誰かが手を貸してくれた。

「すみません」

礼を言って顔を上げたお琴は、目を見張り、息を呑んだ。

突然のことに、言葉を失っていると、

「大事ないか、お琴」

声をかけ、きりりとした切れ長の目を京極屋に向けた。

「さ、左近様」

お琴が声を絞《しぼ》り出すように言うと、左近は優しく微笑《ほほえ》み、店の入口に向かった。

お鶴を捕まえ、口を塞いでいる子分の手をつかんだ。

「な、何しやが、おわっ！」

抵抗する間もなく、ひとひねりで子分を地面に倒す。

腰から落とされた子分が、海老《えび》反《ぞ》りになって呻き声をあげた。

左近はお鶴を引き寄せ、お琴に託した。

「二人とも、離れていなさい」

背を返したところへ、

「やろ！」

長どすが打ち下ろされた。

だが、左近はさっと刃《やいば》をかわし、相手の脾腹《ひばら》に拳《こぶし》を入れた。

臓腑《ぞうふ》に響いたらしく、わめき声をあげた子分はどすを放り出し、脾腹を押さえて倒れ込んだ。

咄嗟《とっさ》のことで呆気《あっけ》にとられていた熊虎が、はったと我に返るや、

「てめえら、何ぼさっとしてやがる！」

子分どもを蹴飛ばして外に出させた。

次々と子分が出てきて左近を囲み、長どすの切っ先を向けた。

最後に出た熊虎が、己の強さを誇示《こじ》するように、周りの野次馬を見回した。そして、左近の足のつま先から頭のてっぺんまで目を走らせて値踏みする。

空色の無紋《むもん》の着物に灰色の袴を着けた姿に、見くだすような目を向けた。

「浪人風情が、この熊虎様の邪魔をしてただですむと思うなよ」

「ただですまぬは、貴様らのほうだ。怪我をしたくなくば、ここを立ち去れ」

「しゃらくせぇ。野郎ども、やっちまえ！」

「やろ！」

「とりゃあ！」

二人の子分が斬りかかったが、宝刀安綱を鞘《さや》ごと抜いた左近は、一人目の腹を柄頭《つかがしら》で打ち、二人目の刃をかわすと、身をひるがえして首の後ろを手刀《しゅとう》で打った。

瞬《まばた》きする間に二人を気絶させた左近に、周囲から歓声があがる。

それに逆上した熊虎が、自ら刀を抜いていきり立った。

「野郎！」

気合声を発して刀を振り上げた刹那《せつな》、左近が安綱を抜いて一閃《いっせん》した。

「うっ」

出端《ではな》をくじかれた熊虎が、刀を振り上げたまま動けなくなった。

腹を斬られた。

誰もがそう思った中、左近は涼しげな顔をして安綱を鞘の中に滑らせ、ぱちりと鍔《つば》を鳴らした。

熊虎の着物の帯が縦《たて》に斬れて、はらりと落ちた。

露《あら》わになったへその下で、つっと横に細筆を走らせたように、血がにじみ出た。薄皮を一枚、斬っていたのだ。

ぎょっと息を呑む熊虎。

帯と共に落ちた証文に手を伸ばそうとしたが、ずいと前に出た左近に怯え、尻《しり》餅《もち》をついた。

「次は、骨を断《た》つ」

安綱の柄に手をかけ、左近が鋭い目で言うと、

「ひっ……」

奇妙な声をあげた熊虎が、足をばたつかせて後ずさり、くるりと背を返して立ち上がると、一目散に駆け出した。

「親分！」

「親分待ってくんない！」

　子分たちが気絶した仲間を抱えて、慌てて逃げていく。

　一層大きな歓声をあげる野次馬たちに目を向けた左近は、軒下《のきした》に潜《ひそ》む小五郎に向けて小さくうなずき、あとを追わせた。

六

「二人とも、怪我はないか」

　左近が訊くと、お鶴はうなずき、お琴は目を潤ませた。

「いつ、お戻りに」

「昨日の、夜だ」

　咄嗟に出た嘘《うそ》である。

「ご無事で戻られて、ようございました」

「急に旅立ち、すまなかった」

　お琴は笑みを浮かべて、首を横に振った。

「お武家様、危ないところをお助けいただき、ありがとうございます」

　久右衛門がおずおずと近づき、頭を下げた。

「何かお礼をさせてください。どうぞ、中へ。ささ、どうぞ」

「当然のことをしたまでだ。礼には及ばぬが、喉が渇いた。水を一杯いただこう」

お琴と共に中に入り、奥の座敷に通された左近は、上座を促《うなが》され、床の間を背にして座った。

湯呑みで出された水を飲み干し、ゆるりと茶台に戻す。

「まことに助かりました。ありがとうございます」

「何か困っておるようだな。話してみぬか」

改めて礼を述べる久右衛門に、左近が言った。すると、久右衛門は目を左右に動かして考え、躊躇《ちゆうちよ》している。

「おとっつぁん」

「左近様は、きっと助けてくださいますよ」

お鶴に促され、お琴にも言われて、久右衛門はようやく口を開いた。

茶器を割った咎《とが》で娘のおきゆが斬られた京極屋が、弁償金まで払わされたことは、小五郎から聞いて知っていた。

気になった左近は、久々に根津の屋敷を抜け出して、京極屋の様子をうかがいに来たのだが、すでに人だかりができて、騒ぎが起きていたのだ。

まさか、お琴がいようとは思いもしなかった。

旅から戻ったばかりだと言いはしたが、再会を素直に喜んでくれるお琴の顔を見ると、身分を隠していることが辛《つら》くなり、こころが重くなる。

左近は、久右衛門の話を聞きながら、お琴を見た。

お鶴と並び、神妙な面持《おもも》ちで、久右衛門に目を向けている。

身分を明かし、すべてを打ち明けた時、お琴はどのような顔をするであろうか。許してくれるだろうか。

お琴に顔を向けられ、左近は咄嗟に目を伏せた。

「このような次第にございます」

すべてを話し終えた久右衛門が、道理に合わぬ要求をどうはねつければよいかを、目顔で問うてきた。

「美濃屋に、詳しい話を聞きたいのだが」

「それが、いつの間にか帰ったらしく、姿がどこにも」

「さようか」

左近は、久右衛門を見た。

「おそらく、熊虎はもう来ぬ」

「しかし、熊虎は悪徳で名が知れた高利貸し。そう簡単にあきらめるとは思えません」

「案ずるな。これがなくば、来る口実もなかろう」

左近は唇の両端をわずかに上げて笑みを浮かべ、懐から紙を出し、久右衛門に渡した。

受け取った久右衛門は、中を見てぎょっとした。

「こ、これは、借金の証文。いつの間に……」

左近は、熊虎の帯と一緒に落ちた証文を拾っていたのだ。

「いらぬから置いていったのであろう。遠慮なく、もらっておくがよい」

「はい」

安堵《あんど》の息を吐きながらも、久右衛門は美濃屋が心配だと言った。

「美濃屋さんが千二百両を貸してくれたおかげで、久貝様との一件を終わらせることができたのです。今度は、手前が助けないと」

「案ずることはあるまい」

「と、申されますと」

「いつの間にか逃げていたのだ。今頃は、どこぞに隠れておろう」

左近は言い、笑みを浮かべたが、目の奥には鋭い輝きを秘めていた。

七

京極屋を辞し、お琴と共に浅草にやってきた左近は、久々に、三島屋の座敷に上がった。

奥の部屋に座り、庭を眺《なが》めていると、これまでざわついていたこころが安らいでいく気がした。

部屋の香り。

畳の感触。

濡《ぬ》れ縁《えん》の木の手触り。

相変わらず繁盛している店のにぎわい。

すべてが心地よく思え、左近はそっと、目を閉じた。

――やはりおれは、お琴のことを想っているのか。

左近は、己に問いかけた。

想いを伝える前に、越えねばならぬ山が二つある。

ひとつは身分。今ひとつは……。

急に胸が締めつけられ、左近は苦しくなって目を開けた。

思わず声をあげそうになり、息を呑んだ。

目の前の庭に、およねが立っていたのだ。腰に手を当て、じっとりとした目で睨みつけている。

「久方ぶりじゃな」

左近が恐る恐る言うと、およねはたちまち、顔をくしゃくしゃにした。

うわぁんと泣き、でっぷりとした身体を揺すって駆け寄ると、抱きついてきた。

太い腕で抱きしめられ、豊満な胸に顔をうずめられた。

「お、およね。放せ」

「どこに行っていたんですよう」

聞く耳を持たぬおよねは、さらに力を込めた。

「く、苦しい」

左近は、苦しみもがいた。

ようやく抜け出した左近の鬢《びん》は乱れ、まるで落武者《おちむしゃ》だ。

茶を持ってきたお琴が悲鳴をあげて盆をひっくり返したものだから、店の客が何ごとかと顔をのぞかせた。

お琴が慌てて戸を閉《た》て、左近の鬢をどうにかしようと手を伸ばす。

およねは嬉し泣きをするやら慌てるやらで、顔がぐしゃぐしゃだ。

三人はとうとう、互いの顔を見ながら笑い出した。

「でもよかったよう。無事に戻られて」

およねが目尻を拭いながら言った。

「何も申さずに、すまなかった」

左近はお琴に鬢を直してもらいながら、およねに詫びた。

「ほんとですよう。おかみさんにも、文ひとつだもの。今だから言うけど、あたしはてっきり、もう帰ってこないのかと思いましたよう」

「あの時は、戻れぬと覚悟をしていたのだ」

左近が言うと、鬢をなでるお琴の手が止まった。

「何か、おありになったのですか」

お琴に訊かれて、左近はほんとうのことを告げようかと思ったが、言葉が出なかった。

「武者修行であるゆえ、そう申したまで。何もない」

「………」

お琴は黙って、ふたたび手を動かした。

「あら、お客さんを待たせたままだ」

およねが気を利かせて、店に出ていった。

しばらく、沈黙が続いた。

左近は迷ったが、やはりほんとうのことを言うべきだと、こころを決めた。

「お琴……」

声をかけた時、お琴が背中に顔をつけた。

胸の鼓動《こどう》が伝わってくるや、着物の袖《そで》をつかむお琴の手が、小刻《こきざ》みに震えた。

左近はきつく目を閉じ、お琴の右手をにぎった。

「お琴、そなたに申さねばならぬことがある」

「聞きませぬ」

「しかし……」

「聞きませぬ」

お琴は胸に腕を回し、きつく抱きついてきた。

「このままで、よいではありませぬか」

左近は、目を見張った。

──もしやお琴は、おれの正体を知っているのか。

「お琴、そなた、おれのことを……」

「何も知りませぬ。琴は、左近様がこうして、ここに来てくださるだけでいいのです」

「お琴……」

左近は、何も言い出せなかった。言えば二度と、お琴に会えぬ気がしたからだ。

「……よいのか、このままで」

「はい」

左近は、己の胸に回されたお琴の手をそっとほどき、背を返すと、お琴の目を見つめた。

「ならば、もう何も申さぬ。どこにも行かぬし、こうして顔を見に来よう」

見上げるような目つきをしたお琴は、

「きっとですよ」

優しく微笑み、胸に顔を寄せた。

「おかみさん、ちょいとすみません」

声をかけて襖《ふすま》を開けたおよねが、二人が背を向け合っているのを見て、探るような目を向けた。

「あれぇ、邪魔したようですね」

うふふと笑うおよねに、左近は顔を向けられないでいる。

お琴は慌てて用件を訊いた。

そろそろ店を閉めると言うので、お琴は左近に断って、店に出ていった。

目の前の濡れ縁に石ころが転がったのは、その時だ。

見上げると、誰もいない。だが、これは小五郎の合図だ。

左近は安綱を腰に落とし、浅草寺《せんそうじ》に向かった。

本堂から、おごそかな声で唱《とな》える般若心経《はんにゃしんぎょう》が聞こえてくる。

正面を横切って朱色《しゅいろ》の五重塔《ごじゅうのとう》を目指し、人気《ひとけ》のない裏手に回ると、小五郎が待っていた。

「何か、つかめたか」

「はい」

小五郎はあたりを見回した。

若い男女が楽しげに語らいながら、こちらに歩んでくる。

「こちらへ」

小五郎に連れられて、小さな庵《いおり》の裏に回った。

「熊虎の一味は、どうやら久貝と関わりを持っているようです」

「やはり、裏があったか」

「権八殿が申していた味噌問屋の一件を調べさせていた手の者が、これを送ってまいりました」

文を受け取った左近は目を走らせ、小五郎を見た。

「なるほど、そういうことか」

「今夜あたり久貝の屋敷に忍び込み、探りを入れてきます」

「なんとしても、久貝の悪事を暴け」

「はは」

「何かわかれば、谷中の屋敷にまいれ」

「お琴殿のところではございませぬのか」

小五郎はいつから見ていたのか、真顔だが、目が笑っている。

「よ、夜が更《ふ》けたら、谷中に戻る」

「はは」

しかつめらしく返事をした小五郎は、残念そうな顔をして頭を下げると、背を返して駆けていった。

「あ奴め、何を望んでおるのだ」

左近は呆れたように独りごち、お琴の店に戻った。

八

「まあ、そうあやまらずともよい。さ、飲め」

ほろ酔いに気分をよくした久貝勝信は、自ら銚子《ちょうし》を傾《かたむ》け、恐縮する熊虎に酌をしてやった。

「これはどうも」

熊虎がごくりと飲み、杯《さかずき》を返した。

「しかし、邪魔さえ入らなければ、京極屋を丸ごと手に入れられたものを」

そう言って悔しがるのは、美濃屋の仙蔵だ。熊虎を睨み、顔の青あざに手を当てた。

「あたしは、殴られ損ですよ。おまけに証文までなくすとは、とんでもない間抜けだ」

「申しわけねえ」

熊虎は怯えた目を向けて、引きつった顔で頭を下げた。

「まあ、よいではないか仙蔵。五両の茶碗で、三千八百両も儲けたのだ。前に手に入れた味噌問屋の家屋敷だけで、十分儲けておろう」

「高値で売れましたからな」

仙蔵が目を細めた。

「ですが久貝様、京極屋は日本橋の一等地。となりますと、倍まではいかぬとしても、かなりの高値ですぞ。邪魔さえ入らなければ、大儲けできましたものを」

「欲深い奴よのう。あれだけの騒ぎを起こしたのだ。京極屋のことは、忘れることだ」

久貝は立ち上がり、隣の襖を開けた。

畳に敷かれた赤い毛氈《もうせん》の上に、千両箱が積み上げられている。

数えて十ある。

「これだけあれば、当分は贅沢三昧《ぜいたくざんまい》じゃ。一部は老中あたりににぎらせて、しかるべきお役でももらおうかの」

「それはようございますな。町奉行などはどうです。久貝様がお奉行になられたら、我らにとっては、まさに鬼に金棒。いろいろと儲けられますぞ」

仙蔵に吹き込まれ、久貝はうなずいた。膳の前に座り、満足げに眺めながら、杯を口に運んだ。

「町奉行となると、何かと息苦しくなる。今のうちに、たっぷり遊んでおくかの」

「それには、先立つものがまだまだいりますな。次は、どこにしましょうか。蔵前の札差の娘が、奉公先を求めておりますが」

「札差のう」

「蔵には、小判が唸《うな》っておりますぞ」

「確かに、万両の金を持っておろうな。うむ、その娘を来させるがよい」

「では、そのように計らいましょう」

仙蔵が酌をしながら言った。

久貝は、下座に控える家臣に目を向けた。

「松本、伏見屋《ふしみや》に皿と例の物を用意するよう申し伝えよ。いつもの細工も忘れぬようにさせるのじゃ」

「はは」

松本はすぐに腰を上げ、伏見屋に向かった。

その背中を見送った仙蔵が、不敵な笑みを久貝に向ける。

「では、あたしは蔵前に向かいます」

「うむ。くれぐれも怪《あや》しまれぬようにな」

「おまかせください」

立ち上がった仙蔵の頭上には、天井板一枚を隔《へだ》てて、小五郎が潜んでいた。

話を聞いた小五郎は、からくりを探るために、久貝の屋敷から出かける松本のあとを追うべく外に出た。

屋敷を見張らせていた手下のもとへ駆け寄ると、まだ出てきていないという。

物陰に潜んで様子をうかがっていると、潜り門が開き、侍が出てきた。

松本は覆面をしているが、警戒している様子はない。

小五郎は手下と別れ、あとを追った。

跡をつける小五郎に気づかぬ松本は、駿河台をくだり、夜の市中を南東に歩むと、日本橋を越えた。

戸を閉《た》てられた大店の前に立ち止まり、あたりを見回す松本の後ろで、潜り戸が開けられた。

姿が消え、ふたたび戸が閉められるのを待って、小五郎は屋根裏に潜んだ。

「これはこれは、松本様、ようお越しになられました」

「うむ。また、例の物を頼む。次は、皿と仰《おお》せじゃ」

「では、伊万里焼《いまりやき》にでもいたしますか」

「なんでもよい。極書は、一万両の価値があるようにいたせ」

「一万両とは、またたいそうな品ですな」

あるじが、にやつきながら言う。

「そのほうが、そちの取り分も増えるということじゃ」

松本は懐から包金《つつみがね》を出し、あるじの前に置いた。

「これは殿からだ」

「わかりました。明日には用意いたしましょう」

「うむ、頼んだぞ」

「もうお帰りで？」

「わしも、何かと忙しい身でな」

「はは、ほどほどになされませ」

頼んだぞと念を押し、松本は帰った。

見送りをすませたあるじは、店に並べた品から適当な皿を選ぶと、踏み石の角にこつんと当てて、皿を欠けさせた。

三角に欠けた破片を拾うと部屋に持って上がり、押し入れの奥から何やら道具箱を取り出し、刷毛《はけ》で糊《のり》をつけると、破片を皿につけた。

ご丁寧《ていねい》に、皿を持ち上げた時に破片がこぼれ落ちることを確かめている。

「ま、こんなものだろう」

鼻で笑うと、今度は桐《きり》の箱を出し、本物と思《おぼ》しき伊万里の皿と、古びた紙を広げた。

広げたのは、落款《らっかん》が押された極書だ。

その横に、古びた白紙を広げ、文字を似せて筆を走らせている。

からくりを盗み見た小五郎は、闇に溶け込むと、屋根裏から姿を消した。

九

新見左近は、お琴とおよね夫婦と共に夕餉をすませ、谷中のぼろ屋敷に戻っていた。

夫婦は長く連れ添うと似てくるのだろうか。仕事から戻ってきた権八は、左近の顔を見るなりどこに行っていたのかと怒り、怒ったかと思えば泣いて抱きついてきた。

よかった、嬉しい、を繰り返しながら酒を飲み、ぐでんぐでんになっていたのを思い出し、左近はくすりと笑った。

庭から誰かが入ってくる気配があった。

「小五郎か」

囲炉裏《いろり》の前で声をかけると、人影が濡れ縁に座った。

「久貝の悪事がわかりました」

「うむ、入れ」

障子を開け、小五郎が身をかがめて入ると、静かに閉めた。

「喉を潤《うるお》せ」

左近が銚子を上げ、酒をすすめた。

小五郎に酌をするなど、市中でなくてはできぬことだ。

久々に杯を交わす喜びをゆっくり味わいたいところだが、小五郎から返された杯を空けると、左近は膳に置いた。

「して、いかがであった」

「とんでもない、からくりがございました」

小五郎は、己の目と耳で確かめたことをすべて話した。

「なるほど。仙蔵とやらは、ぐるであったか」

「善人の皮を被《かぶ》って金を貸しつけ、熊虎に芝居を打たせて家屋敷の沽券状を奪っております」

「極書は、誰が書いておる」

「日本橋南伝馬町《みなみてんまちよう》の瀬戸物問屋《せともどんや》、伏見屋宗俊《そうしゆん》にございます」

「茶人として名が知れた、あの宗俊か」

「はい。ですが、久貝に渡す皿は、五両の値札がついておりました」

「偽物《にせもの》の皿に、偽物の極書か」

「皿は、触ると欠けるよう細工がしてございます」

「なるほど……」

左近は杯を取り、小五郎の酌を受けながらも、策を練っていた。

ゆるりと喉に流し込み、含み笑いを浮かべた。

「小五郎、今から申すこと、新見の父上に伝えよ」

左近は酒を酌《く》み交《か》わしつつ、小五郎と細々《こまごま》とした打ち合わせをした。

翌日、伏見屋の前に黒塗りの駕籠《かご》が横付けされた。

駕籠には、若党の雨宮真之丞が従っている。

「殿、着きましてございます」

雨宮が駕籠の横に草履《ぞうり》を並べ、戸を引き開けた。

中からは、光沢のある絹の羽織袴《はおりはかま》で身を包んだ新見正信が顔をのぞかせ、雨宮の手を借りて降り立った。

外の物々しさに気づいた店の手代が慌ててあるじを呼び、宗俊が腰を低くして迎えに出た。

「これはお武家様、今日は、どういったご用にございましょうか」

「うむ、城の寄り合いの席で、たいそうな茶器を手に入れたと自慢する者があってな。聞けば、南伝馬町の伏見屋で手に入れたと申すゆえ、わざわざ足を運んだのじゃ」

正信がいかにも偉そうな口ぶりで言うものだから、雨宮があたりを警戒するふりをして背を向け、笑いをこらえるように肩を震わせた。

伏見屋がいぶかしげな目を向けるので、正信は空咳《からせき》をして口角をへの字に曲げ、眼光鋭く伏見屋を睨んだ。

「品を見せてもらうぞ」

「は？　あ、ど、どうぞ、どうぞどうぞ」

暖簾をかき分け、伏見屋が中へ招き入れた。

正信は胸を張って中に入り、言われるがままに奥に向かった。

伏見屋が媚《こ》びるような顔で訊く。

「どのような品を、お探しでございましょう」

「そうじゃな。まずは、茶碗を見せてもらおうか」

伏見屋はすぐに持ってきた。見た目はよさそうに見えるが、茶を少々たしなむ正信の目はごまかせぬ。

――せいぜい十両といったところか。

それでも、安くはない。

「いくらじゃ」

「五十両ほどで」

「ほぉう」

正信は茶碗を一瞥《いちべつ》し、不服そうな顔をした。

「わしはな、茶器のことはようわからぬ。わからぬが、このような安物をすすめられるとは、見くびられたものじゃ。邪魔をしたな」

鼻息も荒く立ち上がると、伏見屋が食い下がった。

「お待ちください」

「なんじゃ」

「大変申しわけありませんでした。失礼をいたしました」

「どけ、わしは帰る」

「まま、そうおっしゃらずに、とっておきの品をお持ちしますので。おぉい、お茶をお出ししなさい」

手代に命じて、伏見屋がなんとか正信を座らせた。

「つまらぬ物を見せよったら、ただではすまさぬぞ」

「はいはい。すぐにお持ちいたします」

伏見屋が次に持ってきたのは、黒楽茶碗《くろらくちゃわん》だった。

正信が興味を抱いたように顔を近づけて見る。

「これは天正《てんしょう》の頃に作られた逸品《いっぴん》。どこに出しても、引けは取りませぬぞ。これこのとおり、極書もございます」

誰の名かもわからぬほど崩した字が書かれ、落款が押されている。

正信は即座に偽物と見破り、せいぜい五十両の品と見切りをつけた。

「いくらじゃ」

「五百両」

「何、五百両じゃと」

正信は目を丸くした。

「天正の頃には、国がひとつ手に入るほどの逸品ですので」

ここまで堂々とされると、己の目が曇っているのかと、正信は思いかけた。騙《だま》されてはならぬと気を強くし、こころを落ち着かせた。

「よし、これをもらおう」

納得したように言うと、伏見屋は満面に笑みを浮かべた。

「さすがはお武家様。お目が高い」

「じゃが、今は持ち合わせがない。後日、屋敷から迎えをよこすゆえ、そち自ら届けにまいれ。これは、手付金じゃ」

正信は金五両を渡した。

「手付金は結構にございます」

「受け取らぬはよいが、誰にも売ってはならんぞ」

「かしこまりました。必ず、お届けに上がります」

「うむ、頼む」

正信は出された茶をすすると、よい買い物ができたと満足そうに言い、伏見屋をあとにした。

駕籠のそばで待つ雨宮と目が合い、ちろりと舌を出しておどけると、中に乗り込んだ。

伏見屋は伏見屋で、見送りをすませて店の中に入ると、番頭と顔を見合わせてほくそ笑んだ。

「あの身なりを見たか。今時あのような羽織袴姿、見たことがないの」

「どこのお侍で？」

「さあ、迎えをよこすと言うのだから待っておればいい。田舎侍《いなかざむらい》のじじいのおかげで、思わぬ大儲けができそうだな。この五十両の茶碗が五百両だ。これだから、茶器を売るのはやめられぬな」

「まことに」

二人は大喜びで笑った。

その翌日、約束どおり、伏見屋の前に駕籠が止まった。

羽織袴姿の雨宮が迎えの使者として付き添い、伏見屋を駕籠に乗せると、根津の甲府藩邸に連れ戻った。

どこに連れてこられたのかわからぬ伏見屋は、止められた駕籠から降りるや、目の前に聳《そび》える門に度肝《どぎも》を抜かれた。

二階造りの櫓門《やぐらもん》は、柱の組物《くみもの》や梁《はり》に金銀や丹青《たんせい》で彩色《さいしき》され、花や動物の見事な彫《ほ》り物《もの》が施《ほどこ》されている。

昨日は田舎侍と馬鹿にしたが、旗本の久貝どころの家格でないことは、伏見屋の目にも明らかであった。

顔を真っ青にした伏見屋は、ごくりと喉を鳴らすと、迎えの若党に恐る恐る声をかけた。

「あのう、こちらのお殿様のお名前は……」

「あとでわかることだ」

雨宮は冷めた口調で言い、門番に向かってうなずいた。

すぐに脇門が開けられ、身なりをきちんと整えた中間が頭を下げて出迎える。

「さ、まいられよ」

雨宮が促した。

「は、はい」

伏見屋は茶器を入れた包みを抱えて、雨宮のあとに続いて中に入った。

入るなり、また度肝を抜かれる。

屋敷の玄関ははるか先にあり、庭の広さも尋常ではない。

黒々とした甍《いらか》を日に輝かせる屋根はいくつも連《つら》なり、門から見ただけでも、十万石以上の大名家の屋敷とわかった。

額《ひたい》に汗をにじませた伏見屋は、とんでもないところに連れてこられたと後悔したが、こうなってはどうにもならぬ。

あの爺様を相手にするなら容易《たやす》いと開き直り、こころの内がばれぬように胸を張った。

玄関の前を横切り、外から屋敷の奥に回ったのだが、通されたのは、白砂が敷き詰められた小さな庭であった。

大名旗本の屋敷に白洲《しらす》があるのは珍しいことではないが、こころにやましいところがあるせいか、伏見屋は胸騒ぎがした。町奉行所の調べは、白洲の上だと知っていたからである。

びくびくしていた伏見屋であるが、座敷に上がるよう促されて、胸をなでおろした。

濡れ縁に上がる階段の前で草履を脱いでいると、背後の障子が両側に引き開けられた。

侍たちに頭を下げて中に入り、下座に着いた。

前に茶器の包みを置き、部屋を見回す余裕もなく、目の前の畳を見つめて待っていた。

すると、背後に人が歩み寄り、ひとつ咳をして、上座に向かう者がいた。

目を上げた伏見屋は、昨日店に来た老侍と気づき、やはり田舎の殿様であったかと、安堵した。

――早く売りつけて、こんな屋敷とはおさらばだ。

茶器の箱を持って上座に歩み寄ろうとした伏見屋は、目を見張った。侍が上段の間ではなく、下段の間で立ち止まり、横を向いて座ったからだ。

「おなりになられまする」

若党が告げるや、奥の横手の襖が開き、若い侍が入ってきた。

伏見屋が呆《ほう》けたように見ていると、

「殿の御前であるぞ」

老侍に言われ、慌てて平伏した。

十

白に銀糸《ぎんし》の波模様の羽織を着け、藩主にふさわしき身なりをしている新見左近は、下座に平伏する伏見屋を見定めるや、声をかけた。

「面《おもて》を上げよ」

「ははぁ」

伏見屋は、落ち着いた様子で顔を上げた。

「よい茶器があるそうじゃな」

左近が言うと、伏見屋は包みを解き、桐の箱を差し出した。

「これに、ございます」

雨宮が箱を受け取り、左近の前に運んだ。

出された黒楽茶碗を手に取った左近は、いかにも感心したような声を出し、手の中で茶碗を回して眺めた。

その様子に、しめたと思ったか、伏見屋は急に饒舌《じょうぜつ》になり、天正の頃の逸品だの、一国の価値があるだのと、蘊蓄《うんちく》を並べはじめる。

左近も人が悪い。

いかにも凄《すご》い物を手に入れたように振る舞い、伏見屋の気分を乗せに乗せた。

そして、頃合いを見計らって伏見屋の口を制した。

「よい茶器を持ってまいった礼に、我が家の家宝を見せてやろう」

左近は言い、小姓から桐の箱を受け取った。

取り出したのは、表面がごつごつとした茶碗だ。

「近う寄れ」

伏見屋を呼び寄せると、茶碗を箱の上に載せて前に差し出した。

「これは、見事でございますな」

「遠慮せず、手に取ってみよ。名器というものは、手触りもよいぞ」

「では、失礼して」

いかさまとはいえ茶器を扱う商売をしている伏見屋は、興味を持って茶碗を手にした。

「どうじゃ」

「まことに、素晴らしい」

「我が祖父、家光《いえみつ》公より賜《たまわ》った天目茶碗《てんもくぢゃわん》じゃ」

「ええ？」

茶碗のことは真っ赤な嘘である。

家光を祖父と言った左近に、伏見屋はいぶかしげな眼差しを向けた。

「今、なんと仰せで」

「家光公より賜った茶碗だと申したのだ」

「あ、あなた様は、いったい」

「おお、申しておらなんだな」

正信が割って入った。

「こちらにおわすは、甲府藩主、徳川綱豊様じゃ」

さらりと言う正信の前で、伏見屋は目が飛び出そうなほど瞼を開き、引きつったような声をあげた。

襖の隙間《すきま》からその横顔を見ていた小五郎が、手の中の茶碗を狙って吹き矢を放った。

「あっ！」

手から落ちそうになり、伏見屋が悲鳴をあげて慌てたが、茶碗はつるりと滑って上段の間の横木に落ち、見事に割れた。

奇妙な声を出し、顔面蒼白《そうはく》となった伏見屋が、見開いた目を左近に向ける。

左近は睨みつけ、立ち上がって小姓が持つ刀を引き抜くと、切っ先を伏見屋の喉元に突きつけた。

「おのれ、よくも我が家宝を割りおったな。そこへなおれ、成敗してくれる」

「ひっ！　ひいい！」

伏見屋は四《よ》つん這《ば》いで後ろに下がり、廊下から白洲に駆け下りて平伏した。

「おお、お助けを、お助けをぉ」

額を白洲に押しつけ、震える手を合わせて拝むように詫びる伏見屋。

「命を助けてほしくば、余《よ》の言うことを聞け」

「なな、なんなりと」

「貴様が割った茶碗を弁償してもらおう」

「します、いえ、させていただきます」

「ほう、するか」

「します」

「その昔、さる武将が十万石の所領と引き換えに求めた茶碗ゆえ、小判にして十万両じゃ」

途方もない金額に、伏見屋は息を呑み、喉をごくりと鳴らした。

「そちの首か、十万両か、あるいは……」

「な、なんでございましょう」

「貴様が、旗本、久貝勝信と結託して悪事を働いておることは、すでに明白。素直に白状すれば、茶碗のことは水に流してやる」

「そ、それは……」

伏見屋は顔を伏せたまま、言葉を失った。

「どうあがこうと、もはや逃げられぬぞ、伏見屋。久貝と、美濃屋仙蔵がこれまでした悪事のすべてを話せ」

「お、おそれ、いりましてございます」

すっかり観念した伏見屋は、すべてを白状した。

聞けば、五年も前から悪事を働いており、京極屋のおさゆのような目に遭わされたおなごは、他に二人もいた。

金を騙し取られた者は十名を超え、久貝が手にした金の総額は、三万両を超えるという。

これだけの被害があっても表に出なかったのは、京極屋があきらめたように、伏見屋が作った偽物の極書を信じ、弁償金を払ってことを穏便《おんびん》にすませていたからだ。

「民の模範となるべき旗本が、そのようなことをしておったとは」

すべてを話し、気力を失った伏見屋を見下ろした左近は、拳をにぎり、怒りの目を上げた。

十一

「久貝様、いかがでございます。新しき娘は」

仙蔵が酌をしながら、含んだ笑みを浮かべた。

「さすがは札差の娘じゃ。例の罠《わな》にかけるのは惜しいの」

「では、おそばに置かれてはいかがです」

「馬鹿を申せ、せっかく万両を稼げるのだ。わしはな、おなごよりこっちじゃ」

杯を掲《かか》げて見せ、一気に呷《あお》った。

「これは失礼を」

「わしはな、こうして、昼間から酒を飲んで暮らせればそれでよい」

「それは困りますぞ。町奉行になっていただかなくては。松本様も、そう思われましょう」

「我ら家臣とて、殿がご出世なされるに越したことはござらん」

「わかっておる。お前までせっつくな」

「では、娘はいつ――」

「しっ」

松本が仙蔵の口を止めたところで、矢絣《やがすり》の着物を着た若い女中が酒を持ってきた。

七日前から奉公している、札差の娘だ。

銚子を取り替える娘に、久貝が優しく声をかけた。

「ここはもうよいからな。すまぬが、わしの部屋を掃除してくれぬか。夕方には客が来るでな、棚《たな》の桐箱に入っておる皿をよう磨いておいてくれ。大事な皿ゆえ、気をつけてな」

「はい」

娘はにこやかに応じ、立ち去った。

二人は黙って酒を飲んでいたが、娘が水を入れた桶《おけ》を持って隣の部屋に入ると、頃合いを見て腰を上げた。

「あっ」という声がした。

二人は顔を見合わせてほくそ笑み、

「どうしたのじゃ！」

久貝が大げさな声をあげて襖を開け放った。

矢絣を着た娘が畳に座り、袖で顔を隠して泣いている。その横には、欠けた皿が転がっていた。

「き、貴様、皿を割りよったな」

久貝が大声を張り上げた。

娘は泣きながら言う。

「いいえ、初めから割れていたのでございます、殿様」

「嘘を申すか！」

「嘘ではございませぬ。仰せのとおりに磨こうとして触れましたら、角が落ちたのです」

娘は袖で顔を覆い、泣きじゃくりながら潔白《けっぱく》を訴えた。

久貝は仙蔵と顔を見合わせた。

仙蔵が首を縦に振り、証拠を消すよう促した。

うなずいた久貝が、刀掛けの太刀《たち》を取り、抜刀《ばっとう》した。

「ええい、よくも家宝の皿を割りよったな。素《そ》っ首《くび》刎《は》ねてくれる、覚悟いたせ」

袖で顔を覆って泣きじゃくる娘の後ろに回ると、細い首めがけて打ち下ろした。

だが、久貝の太刀は空を斬った。

「むっ！」

娘が着ていた矢絣の着物がはらりと宙を舞い、廊下に、娘を抱き寄せた黒装《くろしょう》束《ぞく》の女忍者が身構えている。左近が送り込んだ、かえでである。

仙蔵が驚き、息を呑んだ。

「な、何奴じゃ！」

久貝が怒鳴ると、かえでは妖《あや》しい笑みを浮かべた。

「この子を助けに来たのさ」

札差の娘をかばうように、己の背後に回した。

「おのれ！」

久貝が、庭に回り込む松本に気づき、不敵な笑みを浮かべた。

「馬鹿め、生きて出られると思うな」

かえでが背後の気配に気づいた時、松本が抜刀した。

「やれ」

久貝が命じる。

松本が刀を振り上げて斬りかかろうとした刹那、背に石を投げられた。

「おっ！　何奴――」

背を返して刀を構え、走りくる者に斬りかからんとしたが、一閃された太刀に腹を斬られて突っ伏した。

背後で倒れる男には見向きもせず、新見左近は、安綱の切っ先を久貝に向けて睨んだ。

凄《すさ》まじき剣に恐れおののいた仙蔵が、こっそり逃げ出そうと背を返したところへ、小五郎が現れた。

「どこへ行く」

「ひっ」

目を見開いてまた背を返そうとした仙蔵の首に、小五郎が手刀を入れた。

白目をむいて気絶する仙蔵を見下ろした久貝が、大声を張り上げた。

「曲者《くせもの》じゃ！　であえい！」

しかし、屋敷は静まり返っていた。

「ふん、家来たちは夢の中だぜ」

小五郎が薬玉を見せて不敵に笑う。

他の部屋には、甘い香りが漂っている。詰所にいた家来たちは皆、小五郎の薬玉で眠らされていたのだ。

「久貝勝信」

「むっ」

久貝が、見開いた目を左近に向けた。

「貴様の悪事は万死《ばんし》に値《あたい》する。天にかわって、余が成敗してくれる」

「浪人の分際で、何が余じゃ。わしは、将軍家直臣《じきしん》ぞ」

「民を苦しめておきながら、臣下が聞いて呆れる」

「何ぃ」

「幕府の政《まつりごと》の下《もと》に暮らす江戸の民は、上様の子も同然。貴様は、上様の子を苦しめた大罪人じゃ」

「貴様、何奴じゃ。隠密《おんみつ》か」

「名乗る義理はない」

「ふん、ならば、こちらも遠慮はせぬ」

久貝は刀を畳に突き刺し、長押《なげし》から槍《やり》を取った。

脇に抱えて庭に下りると、穂先《ほさき》を向けて構え、左近に対峙《たいじ》する。

左近はゆったりと正眼《せいがん》に構えた。

隙のない構えに、久貝が苛立《いらだ》った。

「く、おのれ！」

槍を頭上に構え、胸を狙って突き下ろした。

左近が安綱で弾《はじ》いてかわす。

これを予測し、誘っていた久貝は、弾かれた勢いを利用して身を転じ、柄《え》で左近の背を打った。

なかなかの遣《つか》い手《て》である。

背を打たれた左近は、薄笑いを浮かべる久貝を睨み、安綱を正眼に構えた。

両者が先ほどと同じ構えを取り、対峙する。

久貝が先に突いた。

「てい！」

「おう！」

渾身《こんしん》の一撃を紙一重《かみひとえ》でかわした左近は、安綱を小さく振るって槍の柄を斬り落とした。

鋭い斬れ味に驚愕《きょうがく》の眼差しを向けた久貝は、槍を捨て、慌てて脇差を抜こうとした。だが、瞬きをする間に、左近に懐に飛び込まれた。

「ぐあっ」

下から逆袈裟《ぎゃくけさ》に斬られた久貝は、脇差の柄を手ににぎったまま絶命し、ばったりと仰向《あおむ》けに倒れた。

ゆるりと血振《ちぶ》りをくれて安綱を納刀《のうとう》した左近は、息絶《いきた》えた久貝を見下ろして、長い息を吐いた。


その後、久貝家はお家断絶となったが、公儀の手の者が調べに入った時、騙し取った金は一銭も残されていなかった。

伏見屋から、久貝に金を取られた者たちの名を聞き出していた左近が、小五郎たちと共に、密《ひそ》かに返していたのである。

おきゆを殺された悲しみを乗り越えようとしている京極屋では、お鶴の祝言の日を迎えていた。

いつまでも相手を待たせては、おきゆが悲しむと言われて、お鶴が思いなおしたのだ。

「きれいだったわねぇ、お鶴ちゃん」

祝言の見物から戻ってきたおよねが、うっとりとした顔でお琴に言った。

「ええ、そうね。幸せそうで、よかったわ」

お琴が優しい笑みを浮かべながら応える。

部屋で横になっていた左近は、二人の話を背中で聞きながら、庭を眺めていた。

湿った生ぬるい風が吹き、空は今にも泣き出しそうだ。

お鶴の婚礼の様子を聞きながら、左近はお琴の涙を思い出していた。

――いつか、お琴にも……。

左近はそう思いながら、庭に咲き乱れる花々を眺めていた。

第三話　浪人、月山善吾《つきやまぜんご》

一

蒸し暑い夜であった。

霧《きり》のような雨が、肌にまとわりついてくる。

およねは、雨の日が嫌いだ。

湿気のせいでか、どぶ板の下からの臭《にお》いがきつくなるからだ。

「やな臭いがするねぇ」

顔をしかめながら言い、新見左近と酒を飲んでいる亭主を三島屋に置いたまま、およねは一足先に長屋に帰っていた。

どぶ板に滑らぬよう気をつけながら歩んでいると、仕立屋《したてや》の部屋の軒先《のきさき》にうずくまっている人影があるのに気づき、足を止めた。

「ちょいと、どうしたんだい」

声をかけてみて、見覚えのある着物だと思った。藍染《あいぞめ》の着物に、灰色の大きな継ぎがしてある。

目立つ継ぎが当たっている背中を、およねはいぶかしげに見た。

——酒でも飲みすぎたのかね。

そう声をかけようとして、様子がおかしいのに気づいた。

「月山《つきやま》さん、どうかしたのかい」

手で口を押さえている浪人が、声に振り向いたものの、ひどく咳《せ》き込んだ。

尋常ではない様子に、

「ちょいと誰か、助けておくれよ！」

およねは大声を出して人を呼んだ。

狭い長屋だ。およねの声と知った住人たちが、次々と顔をのぞかせる。

「どうしたんだい、およねさん」

向かいの女房が、しゃもじを持ったまま出てきた。

「月山の旦那が、苦しんでいなさるんだよう」

「おやまあ、いけないねぇ」

女房が心配そうに言うと、長屋の男連中が集まってきた。

「部屋に運ぶから、誰か手を貸しとくれ」

およねが顎《あご》で指図して、月山の部屋まで運ばせた。

最近越してきたばかりの浪人者は、名を月山善吾《ぜんご》という。

歳は二十五と聞いているが、長屋の女連中のあいだでは、どう見ても三十半ばだと噂《うわさ》され、話しかけても返事はなく、暗い顔つきをしているものだから、早々に孤立していた。

それでも、元来情に厚い長屋の連中である。

病《やまい》に倒れた隣人を気遣《きづか》い、月山の様子を見に集まった。

男連中に運ばせたおよねは、月山の部屋に入るなり、遠慮なく座敷に上がり、火打ち石をたたいて行灯《あんどん》に火を入れた。

きちんと片づけられた部屋に感心しながら、枕屏風《まくらびょうぶ》で目隠しされた夜具《やぐ》を持ち上げて、部屋の真ん中に敷いた。

「ここへ寝かせて。気をつけるんだよ」

ゆるりと下ろされた月山は、真っ青な顔をうなずかせた。

「す、すまぬ」

力のない声で礼を言われて、男たちは気遣った。

「礼なんざいらねえ。それより、どこが悪いんだ」

「早いとこ、医者に診《み》せねえと」

口々に身体を案じていると、月山が半身を起こした。

「まだ寝てなきゃだめだよう」

およねが心配する。

「もう、楽になりました。世話をかけ、かたじけない。皆さんどうぞ、お引き取りを」

月山が、苦しみに耐えながらも毅然《きぜん》とした態度でいるものだから、長屋の連中は突っぱねられた気がしたのか、一人、二人とその場を離れ、運び入れた男連中は不機嫌な顔で背を返し、気取った野郎だと捨て台詞《ぜりふ》まで吐いて帰っていった。

残ったおよねは、呆《あき》れたような目を月山に向けた。

「そんな身体で痩《や》せ我慢して、なんになるんだよう」

月山は黙っていた。

長屋の女房たちは三十半ばだと決めつけているが、近くで見ると、顔つきに若さがある。

老《ふ》けて見えるのは病でやつれているからだと、およねは思った。

額《ひたい》に脂汗《あぶらあせ》をにじませているのを見ると、この若侍を一人にして帰る気にはなれなかった。

「お粥《かゆ》でも作ってあげるよ」

返事も聞かずに、台所に立った。

だが、米櫃《こめびつ》は空っぽ。食べる物が何ひとつない。

月山は、食事は外ですませているのだと言った。

だが、ここに越してきた時から痩せ細り、ろくに食べていないことは薄々わかっていたおよねである。

「ちょっと待っておいで、すぐ支度してくるから」

長屋を出たおよねは、でっぷりとした尻を揺すって走った。

「おかみさん、おかみさん」

裏から三島屋に駆け込むと、庭から居間に上がった。

杯《さかずき》を口に運ぶ手を止めた権八が、赤い顔をおよねに向けた。

「どうした、そんなに慌《あわ》てて」

「月山さんが倒れたんだよう」

「月山？」

誰だそりゃと訊《き》く権八を無視して、およねは台所に向かった。

「おかみさん、ご飯残っているかね」

酒を温めていたお琴が、あるわよと言うので、鍋《なべ》を借りて粥を作りに取りかかった。

「どうしたの?」

「最近、越してきた浪人さんがいるんですけどね。さっき家に帰っていたら、路地に倒れていたんですよう。胸が悪そうだけど、牛蒡《ごぼう》のような身体してるから、なんにも食べていないのじゃないかと思って」

「それで、お粥」

お琴が納得してうなずいた。

「そうだ、卵があるわよ」

「すみませんね。若いのに苦労してるようだから、なんだか放っておけなくてね」

四半刻《しはんとき》(約三十分)かけて軟《やわ》らかくした粥を持って、およねは長屋に帰った。

二

その日、根津の藩邸を抜け出した新見左近は、まっすぐ浅草に向かい、お琴に誘われて日本橋の見物に出かけた。

大店《おおだな》が軒を連《つら》ねる通りを見物し、市井《しせい》に暮らす民の様子をうかがうことも、徳川の世を陰から支えると決めた左近にとっては、大事なことだ。

といっても、今日の場合は、お琴の仕入れに付き合うのがほとんどであった。

帰りには、気に入った品を手に入れて上機嫌のお琴に連れられて、本船町《ほんふなちょう》の魚屋に立ち寄った。

「今日は奮発《ふんぱつ》しちゃおうかしら。左近様、鯛鍋《たいなべ》にしましょうか」

「鯛か、旨《うま》そうであるな」

「徳平《とくへい》さん、これくださいな」

お琴は桶《おけ》からはみ出るほどの鯛を指差した。

「さすがお琴ちゃんだ、お目が高いね。こいつはさっき入ったばかりだ」

「目が黒々と輝いて見えるものね。よい品物も仕入れられたし、今日はついてるわ」

「そうかい。で、どうするね」

「鍋にしたいんだけど」

「それじゃ、わたと鱗《うろこ》を落としとこうか」

「ええ、お願い」

あいよと応じた徳平が、鯛をまな板に載せて包丁をとんとたたき、鱗を飛ばしてさばきはじめた。細い髷《まげ》をちょこんと載せた薄い頭を揺らし、調子よく包丁を入れていくさまは、人目を引きつける。

「あいよ、鯛いっちょう上がり」

竹で編《あ》んだ籠《かご》に入れてくれたのをお琴が受け取ると、左近が手を伸ばした。

「持とう」

「いえ」

「遠慮はいらぬ」

左近は竹籠《たけかご》を持ち、通りに歩み出た。

お琴が小走りに追いつき、嬉しそうな顔をうつむけている。

「なんだか、こうしていると夫婦みたいですね」

お琴が一歩下がったところを歩みながら言った。

「夫婦か、悪くない」

左近が我知らず発した応《こた》えを、お琴は聞き逃さなかったようだ。

「いや、たまにはこうして、買い物をするのも悪くないと思うたのだ」

ごまかしながらも、左近は立ち止まってお琴を待ち、肩を並べて歩んだ。

「およね殿と権八殿は、相変わらずなのか」

「ええ、今朝も大喧嘩《おおげんか》」

お琴が言って、首をかしげた。

「仲がよい証《あかし》だとお店のお客さんが言っていたけど、今回のは長いわね」

「やはり、若い浪人のことが喧嘩のもとなのか」

「およねさんが看病していることが、権八さんは気に入らないみたいなの。毎日、朝昼晩と部屋に行っているから」

「焼《や》き餅《もち》を焼いておるのだろう」

「でも、およねさんの場合は、そういうのとは違うと思うのよ」

「うむ？」

「およねさん、若い浪人さんの面倒を見ているうちに、自分の子供みたいに思えてきたらしいのよ」

「およね殿らしいな。それならそうと、なぜそう言わぬのだ」

「え？」

「権八さんに遠慮しているのよ」

「遠慮？　なぜ遠慮する」

「権八さん、二人のあいだに子供ができないのは、自分のせいだと思っているから」

「そのようなこと、わかるのか」

「さあ」

「子供を授《さず》かる授からぬは、神仏のみが知ることではないのか。男女の交《まじ》わりがあれば、自然と――」

言いながら、左近はお琴が顔を赤く染めているのに気づいて、はっとした。己が熱く語っていたことが恥ずかしくなり、首筋が熱くなった。

「す、すまぬ」

「いえ」

二人は、沈黙しながら歩んだ。

夜になって、権八夫婦と四人で鯛鍋を囲んだ。

鯛の切り身が、ぐつぐつ煮える出汁《だし》の中で白くなり、ぷりっぷりに膨《ふく》れている。

葱《ねぎ》と豆腐に、江戸では珍しい水菜《みずな》まで入っていて、鯛の旨味《うまみ》が染み出た出汁の香りがなんとも旨そうで、食欲をそそる。

左近は香りを楽しみながら、まずは酒の杯を傾《かたむ》けた。

権八は水菜と鯛を口に入れ、はふはふとやりながら食べているが、一言もしゃべろうとしない。

およねは時折権八の顔色をうかがうだけで何も言わず、黙然《もくねん》と箸《はし》を動かしている。

お琴が困ったような顔を左近に向けた。

左近は小さくうなずき、杯を置いた。

「およね殿、長屋の若い浪人者のことだが」

左近が言うと、夫婦が箸を止めた。誰もが言葉を待ち、鍋の煮える音だけがしている。

「一度、東洋《とうよう》先生に診てもらってはどうだ」

権八がおよねに目を向けて、何を言うか待っている。

およねは権八をちらりと見て、ため息をついた。

「それがね旦那、だめなんですよう」

「うむ?」

「善吾さんときたら、これを一銭も持ってないんですから」

指を丸めて言う。

「けっ、何が善吾さんだ、馬鹿野郎」

「名前を呼んで何が悪いのさ」

「だいたいな、一銭も持ってねぇことがあるもんか。騙《だま》されてんだよ、おめえは。あんな野郎に、三食くわせる銭があんなら、亭主のおれに飲み代のひとつでもよこしやがれ」

「あいよ」

およねが、ばんと畳をたたくようにして、一文を置いた。

「なんだよ、これは」

「飲み代のひとつでもよこせって言ったじゃないのさ」

「てて、てめぇ、舐《な》めた真似《まね》しやがって」

「ぎゃあぎゃあ言うんじゃないよ、男のくせに。だいたいなんなのさ、こないだからぶすうっとして」

「気に入らねぇんだよ、いい歳して朝昼晩と若い男の部屋に行きやがって。周りの者がなんて言ってるか知ってやがるのか、てめぇは」

「なんて言ってるのさ」

「病気の看病だの言ってるが、二人はできちまったとさ」

「あはは」

およねは笑い飛ばした。

「馬鹿なこと言うんじゃないよ。そりゃまあ、あたしが若ければさ、ほっとかないだろうけど」

「この野郎、やっぱりあの男に惚《ほ》れやがったな、ちきしょうめ」

「うるさいね、そんなんじゃないよ！」

「嘘《うそ》つけこのやろ」

およねにつかみかかろうとした権八の背をつかんだ左近が、ぐいと引き寄せた。

「痛《い》てて。旦那、放しておくんなさいよ。まさか旦那まで、この浮気女の肩を持とうってんじゃないでしょうね」

「まあ落ち着け、権八殿。およね殿は、若い浪人が病に苦しむのを放ってはおけぬのだ。その気持ち、わからぬではあるまい」

「そ、そりゃあ――」

権八は不服そうに口を尖《とが》らせて下を向いた。杯をぐいっと呷《あお》り、気持ちを落ち着かせようと、深い息を吐いた。

「見ちまったんですよ」

「何を見たのだ」

「かかあが店に行ったあとで、出かけるところをよ」

「馬鹿をお言いでないよ、お前さん。善吾さんはお粥もろくに食べることができないんだよ。あんな身体で出歩いたら、死んでしまうよう」

「おい、そいつはほんとうか」

権八が目を丸くした。

「何が」

「飯だ、食えねぇのか」

「そうだよ」

「馬鹿野郎。なんで早く言わねえんだ。そんなに悪いとは聞いちゃいねえぞ」

「誰にも言うなって言われたんだよう。長屋の連中は優しいから、心配かけたくないんだってさ」

およねが言うと、権八はばつが悪そうに頭をかいた。

「東洋先生によ、診てもらいな。銭なら、ちったぁあるだろう」

「お前さん」

およねが驚いたような顔を向けた。

「い、いいのかい」

「いいともよ」

権八が胸を張った。

「金なら、おれも出そう」

左近が懐《ふところ》に手を入れると、権八が袖《そで》をつかんだ。

「無理しちゃいけねぇよ、旦那。いくら出せる？」

引っ張り出された手に小判一枚が載っているのを見て、権八がぎょっとした。

「旦那、何したんで？」

悪いことでもしたんじゃないかと疑う目を向けるので、およねに頭をぴしりとたたかれた。

「人を疑うのもたいがいにおしよ、お前さん」

「うはは、冗談だよ。左近の旦那が悪いことするわけねぇよなぁ」

と言いつつ、顔を近づけ、どこの賭場《とば》で勝ったのか教えろと訊いてきた。

左近は、親から恵んでもらったのだ、と苦笑いをしてごまかした。

「なんだそうかい」

権八がつまらなそうに言い、左近から一両を受け取った。

「よし、銭もできたことだし、明日まで待つこたあねえ。ちょっくら、先生を呼びに行ってくるぜ」

「今からかい」

「まだ宵《よい》の口《くち》だ。東洋先生なら来てくださるよ」

と言うなり、権八は飛び出していった。

「こうと決めたら聞かないんだから、困ったもんですよう」

およねが嬉しそうに微笑《ほほえ》み、長屋で待つと言って腰を上げた。

三

権八に無理やり連れてこられた西川《にしかわ》東洋は、赤い顔をして、酒の臭いをさせながら病人の身体を診た。

黙って診察を終えた東洋が、禿頭《とくとう》をなでて、小難しげな顔をしている。

助手として供をして来た女中のおたえは、病人の着物の前を閉じてやり、東洋の後ろに座りなおした。

行灯の薄暗い明かりの中で、月山は天井を見つめたままだ。

髭《ひげ》はおよねが剃《そ》ってやっているのでさっぱりしているが、目の下にはくまができ、こけた頬《ほお》が重い病を患《わずら》っていることをうかがわせる。

座敷の上《あ》がり端《ばな》に座った権八とおよねが、心配そうな顔を東洋に向けている。

「先生」

月山が、天井を見つめたまま言った。

「わたしは、いつまで生きられますか」

「養生《ようじょう》すれば、ようなろう」

「気休めはよいのです。不思議なことに、長くは生きられぬとわかるのですよ。覚悟は、できております」

「では、はっきりと申すぞ」

「はい」

「ひと月、持たぬやもしれぬ」

月山は、小さく息を吐いて目を閉じた。瞼《まぶた》が、微《かす》かに震えている。

「まだ、死ぬわけにはまいらぬのです。せめて、二月《ふたつき》生きられぬでしょうか」

「あきらめなければ、生きられるやもしれぬ。実際にな、わしがひと月と診た者が、半年生きたこともある」

「さようですか」

「胸の痛みは、どうじゃ」

「日に日に増してございます」

「うむ。では、これを飲まれよ。おたえ、水を頼む」

気を利かせたおよねが水を持ってくると、おたえが半身を起こしてやり、薬を飲ませた。

「これは、胸の痛み止めじゃ。耐えられぬ時にのみ、飲むのじゃぞ」

「かたじけのうございます」

薬を飲み終えると、月山は横になった。

「身寄りは、おらぬのか」

東洋が訊くと、月山はかぶりを振った。

「さようか。まあ、あとのことは心配せず、こころ穏やかに過ごされるがよい」

東洋は、およねが用意した桶の水で手を洗った。

「先生、これを」

およねが差し出した一両を見下ろし、東洋が目をしばたたかせた。

「これは？」

「今日のお代です」

「わかっておる。多すぎじゃ」

「残りは、これからのぶんですよ。ちょくちょく来てくださいな」

「前払いと申すか」

「小判なんて、あたしらが持っていると、ろくなことにならないから」

「うむ？　誰が出したのじゃ」

「左近様が」

「なんじゃと」

目を丸くした東洋は、甲府藩の御殿医《ごてんい》である。藩主が出した小判と知り、手を伸ばした。

おそれ多いと返すのかと思いきや、

「されば遠慮のう、いただいておくかの」

飄々《ひょうひょう》と言い、懐に納《おさ》めた。そして、月山に向き直り、改めて、診療所で養生してはどうかと誘った。

東洋は、左近が一両を出した意味を、診療所へ引き取れと解釈したのである。

「どうじゃ。さすれば、長屋の者に迷惑をかけずにすむぞ」

「いえ、わたくしは、ここにおります」

「ここで世を終わらせれば、皆にも迷惑がかかるぞ」

「その時は、這《は》ってでも外に行きまする」

「ここにおらねばならぬわけでもあるのか」

月山は押し黙った。

「誰かを待っておるのか」

東洋が訊いても、答えようとしない。

「無理に行かなくても、ここにいたらいいですよ。あたしが面倒見ますから。安心してくださいな。ねえ、お前さん」

「おうよ。かかあを母親だと思って、ゆっくり養生しな」

「かたじけのうございます」

「そういうことだから、いいでしょう、先生」

およねに言われて、東洋は引き下がった。

「まあ、無理にとは申さぬ。では、また診に来るでな」

月山の部屋から帰る東洋とおたえを見送りに出たおよねは、路地の角に誘い、病のことを訊いた。

「先生、どうやっても助からないのかい」

「残念じゃが、手遅れじゃ」

およねは目を潤《うる》ませた。

「やっぱり、労咳《ろうがい》ですか」

「いや、それよりも悪い病じゃ。胸の痛みはとても耐えられるものではあるまいに、あの若者、なかなか優《すぐ》れた御仁《ごじん》と見た。浪人になる前は、何をされておったのかの」

「それが、教えてくれないんです」

「なるほど、人に言えぬ過去があるか。あまり、深入りせぬほうがよいかもしれぬぞ」

「だからって、放ってもおけないでしょう」

「わしのところに来るのがよいのだが、あの様子はどうも、誰かを待っておるようじゃな」

「そういえば、文《ふみ》を書いたと言ってましたよ。出したかどうかまでは知りませんけどね。そうだ、うちの人が出かけるところを見たって言ってたから、どこかに知らせたんじゃないかしら」

「それなら、長屋を離れとうない気持ちもわかるな。いつ悪くなるやもしれぬので、気をつけてやりなさい」

東洋はなるべく目を離すなと念を押して、診療所に帰っていった。

四

翌朝、およねは、いつものように竈《かまど》の煙が立ち込める中を歩み、支度をした朝《あさ》餉《げ》を持って、月山の部屋に向かっていた。

表の七輪《しちりん》でめざしを焼いている駕籠《かご》かきの行吉《ぎようきち》の女房とあいさつを交《か》わして角を曲がった時、月山の部屋の中から障子が開けられ、一人の侍が出てきた。

咄嗟《とっさ》に物陰に隠れて見ていると、どこぞの家臣かと思われる羽織袴《はおりはかま》姿《すがた》の侍は、中に向かって一言何かを告げると、一度あたりをうかがい、足早に去っていった。

知り合いでも訪ねてきたのだろうと思いつつ、およねは障子を開けた。

「おはよう。お待たせしたね」

座敷に声をかけて、およねは、ぎょっとした。月山が夜具を片づけて、畳の上に膝《ひざ》を揃《そろ》えて座っていたからだ。

「おや、寝てなきゃだめだよ」

話しかけると、月山はおよねに目を向けて、微笑んだ。

「今朝は、気分がよいもので」

「まあ、よかった。それじゃ今朝は、たぁんと食べておくれよ」

粥と梅干しの器《うつわ》を載せた盆の布を取ると、月山は、初めて残さず食べてくれた。

急に元気が出たのは、薬のせいではなく、先ほどの侍のおかげかと、およねは思った。

「お客があったようだね」

そう訊くと、月山はうなずいた。

「昔の友が、訪ねてくれたのです」

「そうかい」

「いやぁ、久々に会えて、楽しかった。よい話も持ってきてくれましてね」

「へえ、どんな話かね」

「わけあって、知り合いの家が禄《ろく》を召し上げられていたのですが、近々、藩へ帰《き》参《さん》を許されそうなのです」

この期《ご》に及んで他人様《ひとさま》のことを心配する若者の姿を見て、およねは目頭《めがしら》が熱くなるのを抑《おさ》えられなかった。

「どうしたのです、およねさん」

「元気になられたから、嬉しいんですよう」

「わたしも、いつまでも寝てはいられませんよ。やることができましたからね」

「やること？」

「ええ、知り合いが藩への帰参を許されるよう、手助けをするのです」

月山が立ち上がるのを、およねが慌てて止めた。

「そんな身体で、出かけられるおつもりですか」

「言ったでしょう。もう元気になったのです」

痩せ細った顔に笑みを浮かべ、およねが止めるのも聞かずに、月山は出かけてしまった。

「何、出かけた？」

およねから話を聞いて、西川東洋が険しい顔をした。

東洋は、昼過ぎになって月山の様子を診に長屋に立ち寄ったのだが、誰もおらぬのでお琴の店に来たのだ。

「朝から出かけて、まだ戻らぬのか」

「そうなんですよ。止めたんですけどねぇ」

「無茶をしおって、あの身体で動けること自体、信じられぬというに。死んでも知らんぞ」

「なんだか胸騒ぎがしてきた。どうしたらいいかね、先生」

「今頃どこかで倒れておるやもしれぬ。手分けして捜そう」

「おかみさん、すまないね。今日は帰らせてもらいます」

お琴の返事を聞く前に、およねは表に出ていった。

近所の長屋に行き、屋根の修理をしている亭主の権八をつかまえて、手分けして捜し回った。

「重い病だ。遠くへは行けぬ」

東洋の言葉を信じて浅草界隈《かいわい》を捜し歩いたが見つからず、結局、日が暮れて月山が帰ってきたことで、騒動は収まった。

「善吾さん、心配したよう」

東洋に診てもらう月山に、およねが言った。

まさか長屋の連中まで自分を捜す騒ぎになっているとは、思いもしなかったのだろう。

月山は心配して駆けつけた連中に、頭を下げることになった。

「朝から日が暮れるまで、どこに行っていたのさ」

「申しわけない。およねさんに世話になっておきながら心苦しいのですが、わたしはもう大丈夫です。明日から世話は結構ですので、そっとしておいてください」

「この身体で、また出かけると申すか」

東洋が脈を取りながら、険しい目を向けた。

「最後に、どうしてもやらねばならぬことがあるのです」

不治《ふじ》の病を患う月山の真剣な目を見て、東洋はそれ以上何も言えなくなった。

「薬が効いておるようじゃな。まあ、よかろう」

「ほんとかい先生」

心配するおよねに、東洋はうなずいた。

「思い残すようなことがあっては哀《あわ》れじゃ。好きにさせてやりなさい」

「でも……」

「およねさん、このお方はな、お前さんの子ではないのだぞ」

こう言われては、およねにはどうすることもできぬ。若い侍の身を案じても、黙るしかなかった。

翌日も、月山は出かけた。

世話を断られたおよねだが、まるで我が子のように気になってしまい、つい、あとからついていった。

月山は時折、胸を押さえて立ち止まる。

痛みに耐える姿に気を揉《も》み、およねは駆け寄ろうとするのだが、嫌われるのが恐ろしくて立ちすくんだ。

――倒れたら助けよう。

そうこころに決めて、月山を見守ることにした。

ふらふらになりながら月山が辿《たど》り着いたのは、浅草から北へ向かった、千住大《せんじゅおお》橋《はし》だ。

南側の袂《たもと》に立ち、橋を渡ってくる旅人を見つめている。

一刻（約二時間）が過ぎ、二刻が過ぎても、月山はその場を離れようとしない。

立っているだけで汗がにじむ陽気の下で、水すらも飲まずに、橋を渡る人を見続けている。

結局この日も、日が傾いてから長屋に戻った。

「誰かを待っているようなんだけど、毎日あんなことしてたら、いつ悪くなるかわからないよう」

お琴の店に戻ったおよねが、夕餉をとりながら言った。

権八が箸を動かしながら言う。

「あれじゃねえか、そうまでして待つってことは、女でも来るんじゃねえのか」

「知り合いの家が藩に帰参できる手伝いをするってのに、一日中、女を待ってるのかい」

「そういや、そうだな。なんにしても、人を待ってるんだろうから、そっとしといてやりなよ。おれたちがかわってやろうにも、どんな顔か知らねぇんだからよ」

「そりゃそうだけどさぁ」

「おいおい、明日も行く気じゃねえだろうな」

「いけないのかい」

「店の手伝いはどうするんだ。今日も一人で大変だったんだぜ、お琴ちゃんはよ」

「ごめんね、おかみさん……」

「大丈夫よ、なんとかなるから」

お琴が明るく言うと、それはそれで悪いと思ったのか、およねが困った顔をした。

「なんだか、放っておけなくてさ。でもお店のことも気になるし、どうしたらいいかね」

「気になるなら、誰かにかわってもらうってのはどうだ。駕籠かきの行吉あたりはどうだ。野郎、小遣いが足りねぇとぼやいてやがったから、駄賃をはずみゃあ、見張ってくれるぜ」

「そんなこと言ったって、駕籠かきの仕事もあるだろうし、毎日雇う金なんて、うちにはないさ」

「おめえがここで働かねえのも、おんなじことだろうがよ」

「ああ、そうか」

「だったら、おめえは店を手伝って、その銭で行吉を雇いな」

「そうしようかね」

「おう」

「お前さんも、たまにはいい知恵を出すんだね」

「たまにはってのは、余計だぜ。ねえ旦那」

ちろりを向けられて、左近は杯を受けた。

「ああ、そうだ。ここにも暇《ひま》なお人がいるじゃねえか」

左近のことを言った権八は、およねにぴしりとたたかれた。

「馬鹿、調子に乗るんじゃないよ。治療代もらったのを忘れたのかい」

「へへ、すまねぇ」

頭を下げられた左近は、杯を置いた。

「月山とやらのことは、おれも気になる。人が足りぬ時は、いつでも言ってくれ」

「さすが、左近の旦那だ。そう言ってくれると思ったぜ。でもまぁ、行吉に小遣いを稼がせてやらねえとな」

「ははぁん、お前さん」

「な、なんでい」

およねに勘ぐられて、権八がおどおどした。

「二人の小遣いにする気だね」

「馬鹿やろ。まだ行吉が受けるとも決まっちゃいねえだろうが。人聞きの悪いこと言うもんじゃねえよ」

五

昨夜はなんやかんや言っていたが、結局、月山を見守る役は、左近に回ってきた。

権八が駕籠かきの行吉に話を持ちかけたところ、行吉は喜んで受けたのだが、博打《ばくち》で遊ぶ金欲しさだと知っている女房が話を聞いて、その場で断ったのだ。

本業の駕籠かきで稼ぐ金は、元締《もとじ》めから直接女房に渡されるらしく、行吉は内緒で小遣い稼ぎができる働き口を探していたというわけだ。

とまぁ、駕籠かきの行吉のことはさておき——。

朝早くから、およねと待っていた左近は、長屋を出かけて千住に向かう月山のあとを追い、密《ひそ》かに見守っていた。

だが、先ほどから、別なことに気を取られていた。ゆるりとした足取りで進む月山に歩調を合わす者が、左近の先を歩んでいるのである。

男は虚無僧《こむそう》のなりをしている。

月山が立ち止まれば立ち止まり、草鞋《わらじ》を直すふりをする。

さりげなくあたりをうかがう気配があったので、左近は知らぬ顔で二人を追い越し、少し先に行ったところで人を呼び止め、いかにも知り合いの家を捜すふりをして待った。

左近の顔を知らぬ月山が、青い顔をして真横を通り過ぎていく。虚無僧も、一定の間を保ちながら歩んできた。

藺草《いぐさ》の青色が残る虚無僧笠《こもそうがさ》で顔は見えぬが、何者なのか。

左近は呼び止めていた老翁《ろうおう》に礼を言い、二人の跡をつけた。

千住大橋の袂に着いた月山は、およねが言ったとおり、橋の北に目を配り、渡る者を見続けている。

虚無僧は積み上げられた木材の陰に潜《ひそ》み、一刻（約二時間）ほど見守っていたのだが、背を返して去っていった。

左近は被《かぶ》っていた編笠《あみがさ》を取り、水茶屋《みずぢゃや》の床几《しょうぎ》に座った。

注文を聞きに来た小女《こおんな》に茶を頼むと、月山に目を戻した。

橋の北側を見続けている月山は、咳《せき》をしたかと思えば、胸を押さえて欄干《らんかん》にもたれかかった。

相当な痛みに襲われているらしく、胸の着物をにぎりしめ、わめき声をあげながら、歯を食いしばっている。

様子がおかしいことに気づいた者が声をかけたが、月山は手を振って追い払う。

なおも苦しんでいる。

遠くから見守るつもりであった左近だが、手を伸べずにはいられなくなった。

「茶屋で休んだらどうだ」

声をかけると、月山が驚いたような顔で振り向いた。

「わたしに構わないでくれ」

「おぬしの病を知る者としては、そうはまいらぬ」

「わたしの病を?」

月山が、何者かとうかがう目を向けた。

「新見左近と申す。およね殿に頼まれて、様子を見ていたのだ」

左近は正直に言った。

すると月山が目を大きくし、

「医者代を出してくださったお方か」

世話になったと頭を下げた。

「そのようなことは気にせずともよい。それより、無理はせぬほうがよいぞ。茶屋からも、橋を渡る者が見える。さ、行こうか」

「か、かたじけない」

月山は素直に応じて、左近の肩を借りて茶屋に向かった。

「誰か、身内でも待っておるのか」

「身内と呼べる者は、わたしにはおらぬのです」

寂しそうな顔をする月山は、遠くを見る目を、橋に向けている。

「わたしはこう見えて、仇持《かたきも》ちなのですよ」

「何、仇持ちだと」

「はい」

月山は、己の両手を見つめた。

「許婚《いいなずけ》の父親を、この手で斬ったのです」

「今ここにおるのは、そのことと関わりがあるのか」

「ええ、許婚の弟が、国許《くにもと》を発《た》ったとの知らせを受けましたもので」

東洋が診るまでもなく、先の短い命と悟《さと》った月山は、江戸屋敷の友人に文を書いたのだという。友人が月山を見つけたことにして、国許に暮らす許婚の家に知らせてくれと頼んだのだ。

「では、藩に帰参が叶《かな》うと申すは……」

左近がおよねから聞いたと言うと、月山はうなずいた。

「許婚の父、奥島勘吾郎《おくしまかんごろう》をわたしが斬ったせいで、奥島家は禄を召し上げられたのです。息子の夏之介《なつのすけ》の元服《げんぷく》を機に仇討《あだう》ちの許しがくだされ、首尾《しゆび》よく果たせば、帰参が叶うと」

「それをおぬしに知らせたのは、藩邸の友人か」

「はい」

「先ほど、おぬしを見張る者がいたが」

「友人です。わたしのことを案じてくれているのですが、いらぬ世話を焼くなと突っぱねたものですから、陰から見守ってくれたのでしょう」

「さようであったか」

「どうぞ、新見様もお帰りください。いつ命が尽きるとも知れぬ身ではございますが、夏之介に会うまでは、死にませぬ」

「許婚の弟に、討たれるつもりか」

「どうせ死ぬ身です」

残り少ないとは申せ、己の命を、許婚の家のために捧《ささ》げる覚悟を決めているのだ。人を愛《いと》おしく想うというのは、そういうことなのだろう。

爽《さわ》やかとも言える笑みを浮かべる月山を見て、左近はこころを揺さぶられた。

「おぬしは何ゆえ、許婚の父親を斬ったのだ」

尋常ではないことと思い、訊かずにはいられなかった。

月山は青い顔を向けたが、唇《くちびる》の両端をわずかに上げて微笑むだけで、理由を話さない。

結局この日も、月山の待ち人は現れず、橋を行《ゆ》き交《か》う旅人も途絶えた。

千住は宿場としても栄えており、日暮れに着いた旅人は、江戸に入るのを明日にして宿に泊まる者が多い。

橋が夕闇に包まれると、重い腰を上げて、辛《つら》そうに帰ろうとする月山を、左近は呼び止めた。

「その身体では、浅草まで帰るのは辛かろう。どうせ明日も来るのなら、宿に泊まってはどうだ」

「あいにく、持ち合わせがございません」

「金のことなら心配いらぬ。この見届け役が、最後まで面倒見よう」

「見届け役？」

「藩への帰参をかけた仇討ちとなれば、見届け役がいたほうがよいとは思わぬか」

「それはそうですが、仇を討たれるほうが見届け役を立てるなど、聞いたことがない」

「おれはどっちの味方でもない。できることなら、仇討ちなど止めたいと思っておるからな」

「余計な世話をなさるなら、お断りいたす」

「まあ、そう申すな。無理をすると、仇を討たせる前に死んでしまうぞ。とにかく今日は、宿に泊まろう」

「お、おい」

左近は腕をつかみ、月山を引っ張って宿に入った。

相当無理をしていたらしく、部屋に案内されるなり、月山は食事もせずに、東洋が出していた薬だけを飲むと、死んだように眠った。

寝息を立てる月山の枕元に行き、東洋が出した薬を見た左近は、それが阿片《あへん》ではないかと疑った。

重い病を患う者には、痛みを和《やわ》らげるために阿片を飲ませることがあると、東洋から聞いたことがある。

使いようによっては人を狂わせる魔薬《まやく》であるが、医術に限って、少量の使用を公儀が認めている。

月山が深い眠りに就《つ》けたのも、阿片のおかげであろう。

何が理由で許婚の父親を斬らねばならなかったかは知らぬが、月山が悪人だとはとうてい思えぬ。よほどのことがあったに違いないと思った左近は、できれば仇討ちなどさせずにことを収めたいと考えていた。

六

翌朝、左近は気配で目をさました。

月山が起き上がり、身支度を整えている。痩せた身体には重いであろう大小を帯に差すと、背を向けている左近に頭を下げた。

外はまだ、薄暗い。

「もうゆくのか」

左近が半身を起こすと、部屋を出ようとしていた月山が背を返して見下ろした。

「友人の知らせが正しければ、今日には必ず着くはず。千住の北側に宿を取っていれば、朝早く発たれて見逃してしまうかもしれぬと思いまして」

「国は、どこなのだ」

機会を得て、左近が訊いた。

「下総《しもうさ》です」

「では、老中大久保加賀守《おおくぼかがのかみ》様の家臣か」

「いえ、一万石山河藩《やまがはん》の藩士でした」

「さようか」

左近には初めて聞く藩名だった。

「外様《とざま》ゆえ、いつ潰されるかわからぬ小藩でございますよ」

「綱吉公は、むやみにそのようなことはなさるまい」

「上様のことに、詳しいのですね」

「幕臣に仕《つか》える知り合いの者から、そう聞いたものでな」

左近はごまかした。

「なるほど、そうあってほしいものです。特に我が藩の重臣たちは、己のことしか考えぬ者ばかりゆえ、末が心配なのですよ」

「おぬしが仇持ちになったことと、関わりがあるのか」

「はて、なんのことやら」

月山はこころを閉ざすように無表情となり、礼をして出かけていった。

左近は身支度を整え、安綱を腰に落として下に降りた。

宿代三百文を払い、朝餉の飯を塩むすびにしてもらうと、千住大橋に向かった。

あたりには朝靄《あさもや》が立ち込めていたが、空には薄い青空が広がっていて、今日も晴れそうだった。

左近がそばに歩み寄ると、月山が穏やかな顔を向けた。

「わたしのような者のために、なぜ、ここまでしてくれるのです」

「さて、おれにもようわからぬ」

「およねさんといい、変わった人たちだ。昨日今日越してきたばかりの、何者かもわからぬ者に、無償で手を差し伸べられる」

「およね殿は情が厚いのだ。おれのは、悪い癖であろう」

左近は唇に笑みを浮かべた。

「癖、ですか」

微笑んだ月山が、ひどく咳き込んだ。膝をついて痛みと息苦しさに耐えながらも、手には、べっとりとした血痰《けったん》がついていた。

「いかん。月山殿、宿に戻るぞ」

左近が肩を貸し、月山を立たせた。

苦しげな声をあげて立ち上がった月山が、橋に向けた目を見開き、息を呑《の》んだ。

左近が視線の先を辿ると、橋の上に旅姿の若い男女が立ちすくみ、じっとこちらを見ていた。

「文代《ふみよ》殿」

月山が名を呼び、血で汚れた唇を拭《ぬぐ》うと、左近から離れた。

橋に向かうと、月代《さかやき》もまだ青い若侍が姉の前に出て刀の柄袋《つかぶくろ》を取り、手をかけた。

「月山善吾、父上の仇、覚悟いたせ！」

「待て、ここは人目がある。ついてまいれ」

「おのれ、逃げるか」

「逃げはせぬ。こっちだ」

月山は荒川《あらかわ》のほとりを、川下に向かって歩んだ。

左近は少し間を空けてあとを進み、三人についていく。

町から離れたところに、田でも畑でもない、荒れた草原がある。

月山は、ここを己の最期の場と決めていたのだろう。あたりの様子を探るでもなく、川を背にして立ち止まった。

「ここなら、邪魔が入らぬ」

場の空気が張りつめる中、夏之介は抜刀《ばっとう》した。勇《いさ》ましい目つきをしているが、切っ先がわずかに震えている。

父を失ったことにより苦労して生きてきたと見えて、着物の色はあせ、袴の裾《すそ》は擦《す》り切れている。

文代の着物とて、同じであった。

――その苦労も、今日までだ。

月山は、そう思っているに違いない。

言葉にするかわりに、ゆっくり刀を抜いた。

「夏之介、そのような構えでは、おれは斬れぬぞ」

剣を教えるように言うと、正眼《せいがん》に構えた。

姉弟のために斬られようとしている男を、左近は止めることができなかった。

今できるのは、最後まで見届けることだけだ。

「来い、夏之介」

「待って」

前に出た文代が、月山を睨《にら》むようにして訊いた。

「仇を討つ前に、ひとつだけ教えてください」

刀の構えを解かぬまま、月山は文代に顔を向けた。

「あなたは、なぜ父を斬ったのですか」

月山は優しげな顔をしたが、答えなかった。

「なぜです！」

文代が切迫した面持《おもも》ちで叫ぶと、夏之介が横から口を挟む。

「聞くまでもありません、姉上。この男は父上に不正を暴《あば》かれ、罪を逃れるために斬って逃げたのです」

月山が驚いた。

「お前、それを誰から聞いた」

「藩では、みんな知っていることだ。藩から仇討ちの許しが出たことが、すべて真実だという証」

「なるほど。それもよい」

月山は、寂しそうに目を伏せた。

――この男は、何かを背負ったまま、逝《ゆ》こうとしている。

そう察した左近は、仇討ちを止めようと前に出た。

だがその前に、月山が刀を振りかぶった。

「えい」

打ち下ろされた刃《やいば》を、夏之介は横に流そうとした。だが、刀身を巻き込んだ月山の肘《ひじ》で顔を打たれ、後ろに飛ばされた。

「夏之介!」

文代が弟をかばい、帯に差した懐刀《ふところがたな》の袋を解いて抜き、月山に刃を向けた。

「どうした夏之介、立て!」

月山が厳しく言うと、夏之介は歯を食いしばり、文代を押しのけて立ち上がった。

「月山殿」

「手出し無用!」

左近が止めようとしたが、月山は聞かぬ。

刀を正眼に構え、

「来い！」

夏之介を叱咤《しった》した。

だが、本来なら立っていることすらできぬ、重い病に蝕《むしば》まれた身。

軽い咳をした月山は、胸をつかんでこらえようとしたが、わめき声をあげて膝をついた。

胸を襲う激痛に歯を食いしばり、夏之介のために、刀にしがみつくようにして立った。

「な、何をしている。かかってこい！」

刀を持つのもやっとの様子に動揺した夏之介であるが、意を決して、刀を構えた。

「か、覚悟！」

「いけません！」

斬ろうとした夏之介を、文代が止めた。

「姉上、何をなさいます」

「斬ってはなりませぬ。斬らないで」

「姉上……」

「な、何を、ためらう。斬らぬか」

月山が、一歩、二歩と前に出た。

「か、刀を構えよ、夏之介。わたしの命が尽きる前に斬って、藩に帰参いたせ」

ぎょっとする姉弟の前で、月山が倒れた。

「善吾様！」

悲鳴にも似た声をあげて、文代が駆け寄った。

「善吾様、しっかりしてください」

「ふ、文代殿、早く、仇を……」

「もういいのです。これ以上、愛しい人を失うのは耐えられませぬ」

文代にしがみつかれた月山は、愕然《がくぜん》とした様子で目を見開いた。

「わたしは、そなたの父を斬ったのだぞ」

「あなたはわけもなく刀を抜く人ではありませぬ。きっと、深い事情があってのこと。父に非があったのではございませぬか」

「姉上、何を言っているのです。そこをおどきください」

刀を構える夏之介の前に、左近が立ちはだかった。

「この仇討ち、しばし待て」

「見届け役だ。姉の口ぶりでは双方に誤解があると見えるゆえ、はっきりさせてからにいたせ」

「くっ」

「よいな、夏之介とやら」

左近に言われて、夏之介は刀を引いた。

「父が、何をしたと言うのです。何ゆえ斬ったのですか」

夏之介に詰め寄られて、月山は厳しい目を向けた。

「新見殿、立たせてくれ」

左近の手を借りて立ち上がった月山は、夏之介に薄笑いを向け、すぐに真顔となった。

「理由はどうあれ、そなたらの父を斬ったことに変わりはない。さ、仇を討て」

斬らねば斬ると脅《おど》し、刀の柄に手をかけた。

だが、その目が背後に向けられた。

左近も殺気に気づき、振り向いた。

「何者だ」

襷《たすき》をかけた侍数名が、川土手から駆け下りてくるや、名乗りもあげずに抜刀してかかってきた。

　迎え撃つべく駆け出た左近が刃をかわして脾腹《ひばら》に拳《こぶし》を入れ、次にかかってきた侍の刀を打ち下ろす腕をつかみ、小手をひねって倒した。

　腰を落としている左近の背後から、斬りかかってくる気配に応じて安綱を抜刀し、身を転じて相手の足を斬った。

　覆面をした一団は、月山と姉弟にも襲いかかっていた。

「逃げろ！」

　月山が姉弟を守るべく前に出る。

　刀で敵の刃を受け止めた月山であるが、押し斬ろうとする相手の刃を、病に衰《おとろ》えた力では止められそうにない。

　首筋に迫る刃を必死の形相《ぎょうそう》で跳ね返そうと、声をあげた。

　敵はさらに力を込める。

「死ね」と言った敵が、血走った目を見開くや力が抜け、黒目を天に向けてのしかかってきた。

　気絶している。

　間一髪のところで、左近が刀の柄で後ろ頭を打ったのだ。

その左近に、別の侍が斬りかかった。

二人同時にかかったが、素早く刃をかい潜《くぐ》り、安綱を右へ左へと閃《ひらめ》かせて胴を払うと、敵は振り下ろした刀の切っ先を地に向けたまま止まり、呻《うめ》き声をあげて顔から突っ伏した。

「おのれ！」

斬りかかろうとした相手に左近が切っ先を向け、峰打《みねう》ちにしていた安綱の刃を返す。

「次は容赦《ようしゃ》せぬ」

左近の鋭い剣気に、相手は怯《ひる》んだ。

残る四名が対峙《たいじ》しているあいだに、意識を取り戻した侍が立ち上がり、足を引きずりながら仲間のもとへ逃げていく。

四人はまだ刀を引かぬ。

月山と姉弟を背に守っている左近は、じりっと前に出た。

相手も合わせて下がる。

中央の侍が覆面の奥の目を後ろに配り、

「退《ひ》け」

と声をかけた。

配下が後ずさる。

左近と対峙した侍が、刀を下ろすと見せかけ、

「てぇい！」

不意打ちに、下から逆袈裟《ぎゃくけさ》に斬り上げた。

正眼に構えていた左近は安綱を振り上げながら紙一重《かみひとえ》で切っ先をかわし、返す刀で斬り下げようとした相手より先に、打ち下ろした。

「ぐあぁ」

右の手首を斬り落とすと同時に、切っ先が顔を斬った。

刀を捨てて手首を押さえた侍が、膝をついて苦悶《くもん》する。

「貴様は！」

月山が言うと、侍は慌てて顔を隠した。

別の侍がふたたび襲いかかろうとした時、

「人殺し！　人殺しだ！」

「誰か！　誰かぁ！」

土手の上で二人連れの百姓男が大声をあげて、町のほうへ駆け出した。

思わぬ邪魔が入ったことであきらめたのか、二人の侍が前に出て、手首を失った侍を守るために刀を構えた。そのあいだに、仲間に抱え上げられた侍は、よろけながらその場から逃げ去った。

二人の侍も、警戒したまま後ずさり、くるりと背を返して駆け去った。

小さな息を吐いた左近が安綱を納める背後で、月山が咳き込んだ。

「いかん、宿に運ぶぞ」

左近が言うと、夏之介は素直に手を差し伸べ、月山に肩を貸した。

七

千住の宿場に戻り、左近は昨日の宿に向かうべく街道を南に歩んだ。

「もう少しだ」

苦しそうな月山を励《はげ》まし、宿の暖簾《のれん》を潜ろうとした時、

「左近様、左近様！」

背後で聞き覚えのある声がした。

振り返ると、およねがここですよと手を振って、でっぷりとした身体を揺すって駆け寄った。宿場を走り回っていたらしく、鼻の頭に玉の汗を浮かべている。

「夕べは帰らないから心配しましたよう。橋の袂にもいないし」

「すまんすまん」

「それより、大変なんです」

「うむ？」

「善吾さんの部屋に、盗っ人《ぬすと》が入ったんです」

朝方に覆面をした集団が現れ、長屋の連中を威嚇《いかく》しながら、部屋の中を荒らして帰ったという。

先ほどの奴らかと、左近は思った。

「畳までめくられて、もうぐちゃぐちゃなんです。今、うちの人がみんなと片づけているんだけど、何が盗《と》られたか教えるようにって、治平親分が」

「いいのですよ。盗られて困る物など、長屋にはありませんから」

月山が言った。

「そんなこと言ってもねぇ」

心配そうに言ったおよねが、月山の様子に驚いた。

「善吾さん、気分が悪いのかい」

と案じながらも、文代と夏之介を見ている。

「こちらのお方は？」

「国の、知り合いです」

「この人たちを待つために、川風に当たりながら何日も待っていたのかい」

およねの言葉に、文代と夏之介が顔を見合わせた。

「善吾様、それはまことですか」

文代に訊かれて、月山は、ばつが悪そうな顔をした。

「そうだよう。立っているのもやっとだというのに、無理するから」

およねが月山を気遣い、

「ほら、お侍さん、早く休ませてあげないと」

夏之介の尻をたたくようにして、宿に運ばせた。

「およね殿、一休みしたら長屋に戻るゆえ、すまぬが東洋先生を呼んでおいてくれ」

「はいはい」

「帰りは、これで駕籠を使ってくれ」

左近が一分金を渡すと、またお父上からもらったのかいと訊いてくる。

そんなところだとごまかすと、

「この前は一両も出してもらったんだから悪いよう」

およねが返そうとするので、人助けのために使うのだから遠慮はいらぬと左近は言い、手を取ってにぎらせた。

その手をつかまれて、左近は引き寄せられた。

「あの娘さん、善吾さんのいい人なのかい」

およねは気になって仕方がない様子だ。

「まあ、そうであるな」

左近は、仇討ちのことは言わなかった。

「そう、気の毒だねぇ」

およねは声を震わせて目尻を指で拭うと、善吾さんのことを頼むよと言って、茶を飲みにとぼとぼと店に歩んだ。

左近が部屋に上がると、夜具に横たわる月山の枕元で、文代が泣いていた。

弟の夏之介は足下《あしもと》に正座し、気を失ったように眠る月山の顔を、じっと見つめている。

左近が部屋に入ると、文代が指を揃えて、頭を下げた。見ず知らずの月山を助けたことを、本人の口から聞いたという。

月山の友人である上田《うえだ》から居場所を知らされ、弟の夏之介に仇討ちを急ぐようにとも言われたが、文代に宛《あ》てた手紙には、月山が死ぬ気だとも書かれていたらしい。

「残り少ない命とはいえ、わたしたちに討たれようとされたのですね」

「うむ」

「夏之介には黙っていたのですが、わたくしは、仇討ちなど、どうでもよいと思っておりました。父を斬った仇と憎もうにも、どうしても善吾様を憎めなかったのです。江戸に来たのも、なぜあのようなことになったのか、善吾様に訊きたかったただけなのです。それだけで、十分」

「姉上――」

「夏之介」

文代は、弟の顔をまっすぐに見据《みす》えた。

「そなたも今は、この姉と同じ気持ちではないのですか」

夏之介は答えずに、袴をにぎりしめている。

「夏之介、このまま国を出て、三人で暮らしませんか」

「わたしはいやです」

夏之介が姉を睨んだ。

「父上を斬ったこの男を、許すことはできませぬ！」

「どこへ行くのです。夏之介、お待ちなさい」

文代は、出ていった弟を追った。

入れ替わりに、宿の女中が冷たい水を入れた桶を持ってきた。

左近はそれを受け取り、布を濡らして月山の額に当ててやった。

「か、かたじけない」

「目をさましていたのか」

「はい」

月山は、ゆっくりと目を開けた。

「どうだ。姉弟の父を斬ったわけを話してみぬか。襲ってきた連中は、おぬしだけではなく、姉弟の命も狙った。仇討ちを許されたのは、おぬしと夏之介が相打ちで果てたと見せかけ、暗殺しようとしたのではないか」

月山は答えず、辛そうに目を閉じた。

「こう見えても、ご公儀に知り合いがいてな。ことと次第によっては、何か役に立てるかもしれぬぞ。夏之介を帰参させることもできるかもしれぬ」

月山は目を開け、何者なのかとうかがうように左近を見た。

「信じろ。悪いようにはせぬ」

月山は唇を嚙《か》みしめてうなずくと、ゆっくりと語りはじめた。

「わたしが文代殿の父を斬ったのは、ある不正に関わりがあるのです。話せば姉弟に災《わざわ》いがあると思い、これまで黙っておりましたが、奴らが襲ってきたからには、もはや黙っているわけにはまいりませぬな」

ことは、二年前に起きた。

山河藩の目付役であった月山善吾は、藩主、稲葉《いなば》日向守《ひゅうがのかみ》直々《じきじき》の命により、藩内の不正を探っていた。

極秘ゆえ、誰にも話すことを許されず、たった一人で、三年の長きにわたり地道な調べを進めていた。

そのあいだに、上役である奥島勘吾郎の娘、文代との縁談が決まり、義父となる奥島に気を許していた。

ある夜、酒の席に誘われた月山は、奥島から、藩主の密命を受けて危うい働きをしているのではないか、と問われた。

娘を嫁にやる前に、はっきり聞いておかねばならぬ、と言われた月山は、密命の存在を認め、当時の勘定奉行であった大貫直静《おおぬきなおやす》に、公金横領の疑いがあると教えた。

どこまで証をつかんでいるのかと、踏み込んだことまで訊かれたが、酒に酔ってのことと思い、怪《あや》しむことはなかった。

しかし、話すことは許されぬ。

密命なれば、これ以上は話せぬと言うと、奥島が態度を一変させ、いきなり抜刀して斬りかかってきた。

わけがわからぬまま、月山は刀を鞘《さや》で受けた。

無言のまま、恐ろしい形相で斬りかかる奥島の刃をかわしながら、月山は必死に、やめるよう訴えた。

だが、攻撃はやまぬ。

たまらず刀を抜き、峰打ちにして押さえようとしたところ、切っ先が首に当たり、血筋が切れた奥島は死んでしまったのだ。

そこへ、勘定奉行の手の者が現れた。

咄嗟に隠れた月山は、手の者が話していることを聞いて初めて、奥島が自分の暗殺に失敗したことを知った。

目付役の奥島までもが勘定奉行の手下になり下がっていたことに驚愕《きようがく》した月山は、なんとか藩主に伝えようとしたのだが、折悪《おりあ》しく参勤交代《さんきんこうたい》で江戸に発ってしまっていた。

さらに、勘定奉行の画策《かくさく》で上役殺しの下手人《げしゆにん》にされてしまった月山は、国から出奔《しゆつぽん》し、江戸に来て機をうかがっていたのだ。

江戸藩邸に詰める友人の上田に文を送り、なんとか藩主に会えるよう頼んだのだが、勘定奉行の触手《しよくしゆ》は藩の重役にまで及んでおり、暗殺を恐れた稲葉日向守は、大罪人となった月山を見捨てたのである。

話を聞き終えた左近は、月山の命があるうちに、汚名を返上させてやりたいと思った。

「勘定奉行の不正を明かすための、証はないのか」

「藩の特産物である漆《うるし》の横流しを明かす裏帳簿を、持っております」

「どこにあるのだ」

左近が訊くと、月山は疑う目を向けた。

「あのう、お武家様」

障子の外で、女中が恐る恐る声をかけた。

「いかがした」

「へえ、失礼します」

障子を開けて、若い女中が顔をのぞかせた。

「月山様に、これを届けるよう頼まれました」

差し出す文を、左近が受け取った。

月山は文を読むなり目を見張り、

「しまった」

絞《しぼ》り出すような声をあげて、悔しがった。

先ほど出ていった文代と夏之介が、攫《さら》われたのだ。

「宿を見張られていたか。相手は、なんと言ってきたのだ」

左近が、月山から渡された文に目を通した。

文には、姉弟の命を助けてほしければ、裏帳簿を持って、一人で小塚原《こづかっぱら》の稲《いな》荷《り》に来い。来なければ、日が暮れると同時に二人を斬る、と書かれていた。

「帳簿は、おれが持っていこう」

「しかし、それでは約束を違《たが》えることになります」

月山は身体を起こした。

「待て、その身体では無理だ」

「残り少ない命のために二人を死なせて、何になると言うのです」

「帳簿を取りに行くなら、駕籠を使おう」

「いえ、帳簿は、ここに持っております」

月山は着物の懐から、油紙に包んだ帳面を出した。浪々の身になりながらも藩主への忠義を貫《つらぬ》き、不正の証を肌身離さず隠し持っていたのだ。

「おれに考えがある。藩の上屋敷はどこにあるのだ」

左近が言うと、月山が目を見開いた。

「何を、なさるおつもりです」

「今は申せぬ。決して姉弟を死なせることはせぬゆえ、信じてくれぬか」

左近の目を見つめた月山は、意を決したようにうなずいた。

「藩邸は、本郷《ほんごう》の加賀守様お屋敷の表門より西に向かった菊坂《きくざか》にござる」

「本郷の西の菊坂だな。日暮れまでには戻るゆえ、ここで待っていろ。よいな、焦《あせ》らず待っていろよ」

左近は念を押して宿を駆け出ると、宿場の馬を駆って街道を南に向かった。

八

加賀百万石の表門の前を颯爽《さっそう》と駆け抜けた左近は、町家のあいだの辻《つじ》を西に曲がり、武家屋敷が並ぶ通りに入った。

途中の辻番《つじばん》に立ち寄って、藩邸の確かな場所を尋ねた。

ほど近いところにあると聞き、左近は馬を走らせる。

門の前に止まると、いぶかしげな顔で出てきた門番に、

「ちとすまぬが、逃げぬよう持っていてくれ。すぐに戻るゆえな」

強引に、馬の手綱《たづな》を預けた。

「ちょっ、待たれよ。勝手に入るでない」

止めるのも聞かずに潜り門から入ると、四、五名の藩士が飛び出してきた。

浪人姿の左近を怪しみ、

「何奴じゃ！」

と警戒しながら刀に手をかける。

「拙者は新見左近と申す。こちらに上田と申される藩士がおられるはず。火急の用があってまいったとお伝え願いたい」

年嵩《としかさ》と思《おぼ》しき藩士に言うと、横の者に目配せをした。

横の者は頭を下げて奥に向かい、程なくして、一人の侍を伴《ともな》って出てきた。

「拙者が上田秋利《あきとし》だが、火急の用とはなんだ」

月山と同じ年頃であろう男が、左近の顔をまじまじと見てきた。

「おぬしの友に関わることだ。時がないゆえ、二人だけで話せぬか」

左近の言葉の意味に気づいた上田が、困惑したような顔で藩士たちに目を配った。

「上田、なんのことだ」

「はて、わかりませぬ」

上田の言葉に、年嵩の藩士が厳しい目を左近に向けた。

「火急のことなれば、この場にて申せばよかろう」

「こちらの藩の者が、家中の不正を闇に葬《ほうむ》るために、江戸市中で騒動を起こそうとしている。このままだと、藩の行く末に暗き影を落としかねぬので、知らせにまいったのだ」

「いったいおぬしは、何を申しておるのだ」

帰れ帰れと追い出そうとした藩士を、上田が止めた。

「あなたは、何を知っているのです」

　左近は、まっすぐな目を上田に向けた。

「たった一人で藩に巣食う悪と闘い、愛しい者のために、残り少ない命を捨てようとしている忠義の者を救いたいのだ」

「月山……」

　上田がつぶやき、左近を見た。

「まさか、月山のことを言うておられるのか」

「文代殿と夏之介が何者かに攫われ、月山は一人で救おうとしている。このままだと、三人の命が危ないのだ」

「なんと」

　上田が目を見張った。

「時がない。藩主、稲葉日向守殿に会わせてもらおうか」

「殿をそのような呼び方をするあなたは、いったい――」

「無礼であろう！」

　藩士の中の一人が怒鳴り、割って入った。刀に手をかけ、今にも抜く勢いだ。

「何ごとじゃ、騒がしい」

玄関の式台から、老侍が顔を出した。

「ご家老」

藩士たちが頭を下げるが、左近は一人だけ目を離さぬ。

「そ奴は誰じゃ」

家老が訊くと、年嵩の藩士が答えた。

「新見左近と名乗っております。二年前に脱藩した、月山善吾のことでまいったと申しておりまする」

「何、月山だと」

「はは。それだけではなく、いきなり殿に会わせろなどと無礼なことを申すものですから、追い出すところにございました」

「脱藩した者のことなどで、殿はお会いにはならぬ。つまみ出せ」

家老が面倒くさそうに言う。

藩士たちが左近に向き直ると、「待て」と背後で声がした。

殿、と声をかけ、家老が頭を下げた。

「今、月山と申したか」

現れた藩主、稲葉日向守が訊くと、家老が否《いな》と答えた。

「あれなるは、新見左近なる狼藉者《ろうぜきもの》にございます。今追い出しますゆえ、ご安心を……」

「うむ」

式台に下りた稲葉日向守は、表で家来に囲まれる左近を見て目を丸くし、息を呑んだ。

「こ、これは……」

慌てる稲葉に厳しい目を向けた左近が、わずかに首を横に振って口を制した。

「は、話を聞こう。今すぐ奥に通せ」

「しかし――」

「早ういたせと申しておる!」

「ははあ」

家老は驚きながらも、左近を招き入れた。

人払いをした奥の一室に入ると、稲葉が下座に控えて左近に頭を下げた。

「甲州様、先ほどのご無礼の段、平にご容赦を」

「おれは新見左近だ。気にするな」

「ははあ」

「しかし、そなたが山河藩の藩主だったとはな。城では幾度か顔を合わせたが、話すのは初めてであるな」

中年男だが、気弱な人柄が顔に出ている。

将軍家綱のことで城におもむいた時、他藩の藩主たちに馬鹿にされているところを幾度か見かけていた左近は、この男の顔を覚えていたのだが、稲葉のほうも、次期将軍と噂された左近の顔を知らないはずがない。

「気が優しいのはよいが、家中の悪人に恐れをなし、忠義の者を見捨てるとは感心できぬな、日向守殿」

月山のことをすべて話したうえで、左近は厳しく言った。

「そのようなことになっておろうとは、思いもしませなんだ。これも、わたしの不徳のいたすところ。どのようなお咎《とが》めも、甘んじてお受けいたしまする」

「では、外出の支度をいたせ。まずは、月山から不正の証の裏帳簿を受け取ってやれ。己の手で姉弟を救い、家中の悪を一掃《いっそう》されよ」

「はは。ただちにまいります」

頭を下げた日向守は、家老に命じて手の者を集めさせた。

江戸市中で物々しい動きはできぬため、羽織袴の軽装で藩邸を出ると、左近に従って千住の宿に向かった。

その中には、友を案じる上田の姿もある。

千住に着いた時には、日が西に傾き、屋根が長い影を地面に落としていた。

宿が見張られているかもしれぬので、稲葉日向守と家臣たちを離れた場所で待たせ、左近は暖簾を潜った。

「上がるぞ」

宿の女将《おかみ》に連れを迎えに来たと声をかけると、「あれぇ、四半刻（約三十分）前に出かけられましたよ」と言う。

苦しそうだったので手を貸そうと言ったが断り、一人で出かけたらしい。

「早まったことを」

左近は駆け出ると、稲葉たちを呼びに行った。

その頃、月山は木の棒を杖《つえ》にして、必死に稲荷の階段を上がっていた。

階段といっても、土と丸太で作られたわずか十数段ほどのものだが、今の月山にとっては、天にものぼるほど辛くて遠い。

三段ほど上がって立ち止まり、上を睨む。

歯を食いしばり、重く動かぬ足をなんとか上げて、一段、また一段と上がり、やっとの思いで境内《けいだい》へ来た。

古い社《やしろ》があるが、人はいない。だが、気配はある。

月山が杖を捨てると、左右から流れるように、覆面の集団が現れた。

「約束の物は持ってきたであろうな」

男の声がし、社の戸が開け放たれた。

他とは色合いが違う淡黄色《たんこうしょく》の羽織に黒の袴を穿《は》いた男は、覆面をしているが、声に覚えがある。

「大貫、直静か」

「ほほう、覚えておったか」

大貫は、覆面を取った。目を細め、勝ち誇《ほこ》ったような笑みを浮かべている。

「重い病にかかっておるようだな、月山」

「二人は……文代殿と夏之介はどこだ」

「案ずるな、無事じゃ」

「裏帳簿はここにある」

月山が己の懐に手を当てた。

「二人の顔を見せろ」

「連れてこい」

大貫が命じると、背後から姉弟が連れ出された。手の自由を奪われ、猿ぐつわを嵌《は》められている。

「二人を放せ」

「帳簿を渡せば放してやる」

「二人が先だ！」

家来どもが刀に手をかけて前に出るのを、大貫が止めた。

「貴様、まことに帳簿を持ってきておるのか」

「ある」

「見せよ。見せれば放してやる」

言われて、月山は帳簿を出した。

「包みを取らぬか」

「ええい」

月山は油紙を取ると、中をめくって見せた。

本物であるとわかった大貫がほくそ笑み、家来に目配せをした。

一人が抜刀すると皆一斉に抜き、月山を取り囲んだ。

「こたび、おれは国家老に決まってな。藩政を預かる者としては、過去のことをすべて消さねばならぬ。よって、お前たちには死んでもらわねばならなくなったのだ。悪く思うなよ」

「おのれ、約束を違《たが》えるか！」

抜刀しようとした月山であるが、胸の痛みに襲われて、刀を落とした。

家来たちに両肩をつかまれ、頭を押さえられたが、月山にはもはや抗《あらが》う力がない。

「辛そうじゃな、月山。案ずるな、今楽にしてやる」

大貫は飄々と言い、抜刀すると、自ら斬らんとして前に出た。

新刀の斬れ味を試すと言い、頭上高く大上段に構えた時、空を切って飛んで来た小柄《こづか》が腕に刺さった。

「くっ、何奴！」

小柄を抜き、血が垂れる腕を押さえた大貫が背を返すなり、安綱を抜いた左近が横をさっと走り、月山を押さえ込む家来どもを峰打ちにした。

打たれた家来どもが背や腰を押さえて痛みに苦しむあいだに、左近が月山を助けた。

「大事ないか」

「わたしより、文代殿と夏之介を」

「動くな！」

家来の一人が、姉弟の首に刃を向けて脅した。

「刀を捨てろ！」

「待て！　待て待てい！」

大声をあげて階段から駆け上がった集団に、大貫が愕然とした。

「と、殿！」

「愚《おろ》か者《もの》め！　控えぬか！」

「ぬっ」

初めて聞く藩主の怒鳴り声に、大貫が怖気《おじけ》づき、家来たちが後ずさった。

「貴様ら、このお方を――」

「日向殿」

左近が身分を明かすことを禁じた。これも、藩主である稲葉への心配りだ。

ぎょっとした稲葉が言葉を呑んで、仕切りなおした。

「あるじに刃を向けるか！」

ずいと前に出た藩主を目にし、大貫の家来たちが慌てて刀を引き、地に膝をついて控えた。

「殿、何ゆえお止めになられます。わたしは、奥島勘吾郎を殺害した月山を捕らえ、成敗しようとしているのですぞ」

「黙れ！ 貴様の悪事は、すべて暴かれておるのだ。月山、懐の物をこれへ」

「は、ははぁ」

月山は、震える手で裏帳簿を差し出した。

「これこそ動かぬ証。大貫、申し開きができるか」

帳簿を見られては、ぐうの音《ね》も出ぬ。

大貫は歯ぎしりをして、首《こうべ》を垂れた。

「追って沙汰《さた》する。それ、引っ捕らえい」

「はっ！」

藩主の命に応じた江戸家老の指揮の下《もと》、大貫たちは縄を打たれ、藩邸に連行された。

ふっ、と倒れかけた月山を、左近が受け止めた。

「しっかりいたせ」

「に、新見様、かたじけのう、ございます」

稲葉が左近に小さく頭を下げ、月山のもとへ歩み寄った。

「善吾、長きにわたり苦労をかけた。許せ」

「殿」

「これよりそなたの帰参を許す。余《よ》のそばに仕えよ」

「わたしはもはや、明日をも知れぬ身。ひとつ、願いを聞いていただけませぬか」

「なんでも叶えてやる。申してみよ」

「夏之介の……奥島家の帰参を、お許しください」

「それはならん。この者の父は、大貫と罪を犯《おか》したゆえな」

「何とぞ、奥島家を」

「殿、わたしからもお願いいたしまする」

上田が、稲葉の前に手をついた。

「月山は、夏之介の帰参を願って、仇を討たれるつもりでございました。今でも、奥島殿を死なせてしまったことを悔《く》やみ、許されずとも、文代殿のことを想うているのです。浪々の身に落ちながらも、不正の証を守った忠義に免じて、最期の願いを聞いてやってくださいませ」

なりゆきを見守っていた左近は、稲葉の決断を聞く前に、その場から立ち去った。忠義の家臣に願われた稲葉の顔つきを見て、己に遠慮していると悟ったからだ。

月山善吾は、この日より三日後に、山河藩の上屋敷で息を引き取った。

以後、月山家の家名は山河藩の記録から消えることになるが、奥島夏之介の名は、一代のみ、書き記されている。

姉弟共に生涯独り身を通し、晩年は出家したと言われることになるのだが、それはまだまだ先のことであり、日暮れの川土手を歩む左近が、知る由《よし》もないことである。

ゆるりと流れる荒川で鯉《こい》が跳ね、夕日に紅《あか》く染まる水面《みなも》に大きな波紋《はもん》が広がった。

第四話　左近の危機

一

「お前さん、今日はやけにおとなしいじゃないのさ。具合でも悪いのかい」

およねに言われて、権八はため息をつき、茶碗を投げ置いた。

「元気が取り柄《とりえ》のこのおれだ。具合なんざ悪くねえ。だがよ、牧野《まきの》様のせいで気分は悪い」

「牧野様って、今通っているお屋敷のかい」

「おうともよ」

「どうしたのさ」

「どうしたもこうしたも……」

不機嫌に言う権八は、共に夕餉《ゆうげ》をとっている新見左近とお琴をちらりと見て、およねに向かって、普請場《ふしんば》で聞いたことを話した。

権八は今、深川《ふかがわ》の牧野備後守成貞《びんごのかみなりさだ》の下屋敷に、離れ小屋を建てに通っている。牧野は、将軍綱吉の下《もと》で大名に引き立てられ、ほどなく側用人《そばようにん》に任じられることが決まるなど、大出世を果たした人物であるが、

――出世のために、女房を公方様に献上した。

という悪い噂《うわさ》が市中に広がっている。

実際に、牧野の正室阿久里《あぐり》は大奥に入り、将軍綱吉の側室になっているため、同時期に大名となった牧野の悪い噂が広がったのだ。

「出世のために女房を差し出すなんざ、男の風上にも置けねぇ野郎だ」

「曲がったことが嫌いなお前さんの気持ちはわかるけどね。他人様《ひとさま》のことで、何もそこまで腹を立てることないじゃないのさ」

「そんなこと言ったって、おめえ……」

権八はおもしろくないらしい。

「そんな怖い顔して。ご飯がまずくなっちまうよう。せっかくおかみさんが、手間かけて作ったのにさ。ねえ、左近様。あれ、聞いちゃいないよ、この人ったら」

およねは、黙って茶碗蒸しを食べている左近を見て、呆《あき》れたように笑った。

銀杏《ぎんなん》をすり下ろして、山芋《やまいも》をすった物と混ぜて蒸してある茶碗蒸しは、ふんわ

りとろっとした中で木耳《きくらげ》の歯ごたえがよく、左近は夢中で食べていた。

「お琴、このように旨《うま》い茶碗蒸しは、初めて食べたぞ」

などと言い、ご立腹の権八のことは気にしていない。

「おかわりをお持ちしましょうか」

「うむ、頼む」

お琴が嬉しそうにうなずき、台所に向かった。

微笑《ほほえ》ましく二人を見ていたおよねは、機嫌が直らぬ権八の肩をたたいた。

「牧野様や奥方様のことを知りもしないのに、下世話にいつまでも腹を立ててるんじゃないよう。さ、お食べ」

なんでい、と女房を睨《にら》んだ権八が、ふて腐れながら茶碗蒸しを食べるや、

「うんめぇな、これ」

と目を丸くした。

「お客さんから教わったんだって。なんとかって言う料理茶屋の女将《おかみ》さんだってさ」

「全然わからねぇよ、おめぇの言うことは。どこの料理茶屋だい」

「忘れちまったよう」

「隣町の安芸ノ屋《あきのや》の女将さんですよ」

お琴が言いながら、熱々の茶碗蒸しを持ってきた。

「安芸ノ屋の？」

権八が、どこかで聞いた名だ、と言った。

お琴は左近の膳《ぜん》に茶碗蒸しを置くと、権八に顔を向けた。

「そうそう、権八さんによろしく伝えてくれ、と頼まれてたのを忘れてたわ」

「お前さん、なんで知ってるんだよう」

およねが探るように目を細めた。

「あれ、なんで知ってるんだ？」

「とぼけてんじゃないよ」

権八の足を、およねがつねり上げた。

「痛《い》ってぇなこの……ああ、思い出した。夏の嵐で壊れた軒《のき》を直したんだ。ちっとのことだったんで、茶の一杯ですませたんでよ、よろしくなんて律儀に言いなすったんだろう」

「どうせ鼻の下伸ばして、ただにしたんだろう。美人を見ると、すぐのぼせ上がるからね、お前さんは」

「馬鹿やろ、そんなんじゃねぇや。でぇいち、安芸ノ屋の女将にゃ、これもんの男がついてらぁ」

権八が人差し指で頬《ほお》をなぞった。

「あら、そうなのかい。まあ、あれだけの器量よしだから、男はほっとかないだろうけど。そうと聞いたらおかみさん、あまり深い付き合いはよしたほうがいいよ。怖いから」

「そうね。でも、おいしいお料理の作り方、もっと習いたいのよねぇ」

「気をつけてくださいよう」

「それより、さっきの話だけど」

お琴が権八に訊《き》いた。

「奥方様を公方様に献上したって、ほんとうなの」

「ああ、牧野様のことかい。まあ、噂だけどな」

「もしも公方様の命令でそうなったのなら、気の毒なことね。きっと二人とも、苦しんでいらっしゃると思うわ」

「そうかね。案外、亭主のほうは喜んでいるかもよ。なんせ、大名になれたんだからよ」

権八が言うと、およねが左近に訊いた。

「左近様なら、どうします」

「うむ?」

左近は箸《はし》を止めて、顔を上げた。

「公方様が女房を差し出せと言ったら、どうします?」

「家来ではないゆえ渡さぬ」

「もし家来だったら、渡すんですか?」

「どうであろうな。断ったがために家を潰すようなことになるなら、従うかもしれぬ」

「ああ、だめだだめだ……」

権八が手をひらひらと振りながら言う。

「……お琴ちゃん、左近の旦那と付き合うのは考えなおしたほうがいいぜ」

「な、何よ、いきなり」

お琴が怒るのを見て、およねが権八の頭をたたいた。

「左近様は公方様の家来でもないのに、取り越し苦労して怒ってんじゃないよ」

「そうじゃねぇ。旦那の馬鹿正直なところがいけねえ、と言ってるんだよ、おれは」

「はあ？」

「どけ……」

権八がおよねの尻をたたいてどかせると、左近に迫った。

横に座り、顔を近づける。

「あのね、旦那。こういう時はね、渡さぬ！　って言い切るもんなんですよ。ねえ、お琴ちゃん、そのほうが嬉しいってもんだろ」

「え？　さあ、どうかしら」

お琴は困った顔をしている。

「あたしはやだよ。なんだか騙《だま》されてるようだもの」

およねが言うと、権八がぎょっとした。

「おかみさんだってそうでしょ。嘘《うそ》はついてほしくないわよねぇ」

お琴は答えずに、首をかしげた。

「まあ、あれか、結局どっちがいいかは、人によって違うということか。おれはなんでも正直に言うぜ。隠しごとはなしだ」

権八が適当なことを言ったが、身分を偽《いつわ》っている左近は、苦笑いもできぬほどこころが痛んだ。

「お前さんがつまらないこと言うから、左近様が困ってるじゃないのさ」

「おれはおめえ、牧野様のことを言っただけだ。初めにつまらねえこと訊いたのは、おめえのほうだろうが」

「あら、ごめんなさいね、左近様。忘れてくださいよう」

「いや」

左近は考え、やはり明かそうかと顔を上げた時、お琴が先に言った。

「嘘は、時と場合によると思うわ。わたしは……」

お琴が下を向いて、知らないほうがよいこともある、とつぶやく。

——やはり、お琴は何か知っているのか。

左近は、お琴のこころを探るべく、顔を上げるのを待った。

だが、顔を背《そむ》けたまま立ち上がると、お酒を持ってくると言い、台所に行った。

「あぁあ、ありゃ怒ったな。お家のためなら公方様に渡すって旦那が言うから」

「す、すまぬ」

「おれにあやまってどうすんだ」

「もう、全部お前さんが悪いんだよう」

「なんだと」

「いやな話を持って帰るからじゃないか」

「おれはおめぇ……」

権八が頭をかき、ばつが悪そうな顔をした。

そこへ、お琴が酒を持って戻ってきたので、権八が拝《おが》むように手を合わせた。

「お琴ちゃん、このとおりだ。いやな話、聞かせちまったなぁ」

「おれも、つまらぬことを申した」

左近も、神妙な態度であやまる。

二人が頭を下げるものだから、お琴は目を丸くした。

「よしてくださいよ。悪いのは、家来の妻を奪った公方様なんですから」

「ほんとに、怒ってないのかい」

「少しは腹が立つわよ。でもそれは、出世の道具に女を使う世の中に対してよ。武家だけじゃなくて、商人のあいだでも大店《おおだな》に娘を嫁《とつ》がせるのなんてよくあるけれど、いつだって女が我慢してると思うのよね」

「そうそう」

およねが、よく言ったとうなずいている。

「その点あれだな、おれたちは幸せだな。好いた惚《ほ》れたで一緒になったからよ」

権八が女房の肩を抱いて言うと、

「なんだよう、恥ずかしいじゃないのさ」

およねが前かけで顔を隠して照れた。

「昔は今と大違いで、可愛かったしなぁ」

「うふふふ、一言多いね、お前さん」

じっとりと睨まれて、権八がごくりと喉《のど》を鳴らす。

にぎやかな夕餉をすませた左近は、お琴の見送りを受けて家を出ると、夜道を歩んで谷中のぼろ屋敷に帰った。

ぶらぢょうちんを提《さ》げて雷門《かみなりもん》の前を歩んでいると、背後から駆け寄る気配があった。

「小五郎、いかがした」

左近が立ち止まると、小五郎が横に並んだ。

「藩邸から、殿に知らせが来ております」

「うむ」

「明日の午《うま》の刻《こく》（正午頃）までに登城せよと、上様から使いが来たとのこと。今《こ》宵《よい》は藩邸にお戻りいただくように、とのことです」

また何か言ってきそうな予感がしたが、断ることは許されぬ。

「わかった」

「お供いたします」

「うむ」

左近と小五郎は肩を並べて、根津の藩邸に戻った。

二

朝からよく晴れ渡った空の下、江戸城大手門を潜《くぐ》った左近は、新見正信のみを伴《ともな》って本丸御殿に入ると、案内に従い控えの間に入った。

程なく現れた茶坊主の案内で、中奥に向かう。

裃《かみしも》を着け、本丸御殿の廊下を歩む左近の若殿ぶりは、男から見ても惚れ惚れするほどだ。

端に寄って頭を下げる幕臣たちが、左近の後ろ姿に羨望《せんぼう》の眼差しを向けている。

中奥の謁見《えっけん》の間《ま》に入り、上段の間に向かって座って待っていると、間を置かず将軍綱吉が現れた。下段の間に数名の者が入り、正面を向いて平伏《へいふく》する左近と正信を挟み、左右に分かれて座った。

「綱豊、久しいのう」

「はは」

綱吉の声に応じて、左近は面《おもて》を上げた。

口元に笑みを浮かべている綱吉は、堂々とした風格を漂わせ、将軍としてひと回り大きくなったように見える。

右に座る尼《あま》のなりをした老女に目を向けた左近は、唇《くちびる》に笑みを浮かべて一礼した。

「桂昌院《けいしょういん》様、お久しぶりにございます」

桂昌院は前を向いたまま小さく頭を下げるのみで、言葉を発しない。

左近は、綱吉に目を戻した。

左手には、酒井雅楽頭忠清に代わり、大老となることが決まった堀田筑前守《ちくぜんのかみ》正俊が座している。

綱吉を将軍にするために酒井と対立し、いっぽうでは左近を貶《おとし》めんと画策《かくさく》した男であるが、思いどおりに綱吉を将軍にできたことに安堵《あんど》しているのか、左近に向ける顔は、穏やかであった。

背後にも数名座っている。

中には、側用人になる予定だという牧野成貞の顔もあった。

「綱豊」

「はは」

「こたび登城を命じたは、そちに頼みたいことがあってな」

「いかなることにございましょう」

左近は、目を伏せて言葉を待った。

「大老として、余《よ》の手助けをしてくれぬか」

綱吉の申し出に、背後にいる正信が息を呑《の》むのがわかった。

左近は即答せず、少しだけ考えて両手をついた。

「せっかくのお申し出なれど、若輩者《じゃくはいもの》にはちと荷が重うござりますゆえ、お断りいたしまする」

「やはりの……そう申すであろうと思うておったわ」

綱吉が鼻で笑った。

「綱豊殿、上様の命ですぞ」

桂昌院が、きつい眼差しを向けて言った。

「申しわけございませぬ」

「そなた、副将軍の座も断ったそうじゃな」

「はい」

「何ゆえじゃ」

「荷が、重うございます」

「それだけではあるまい」

桂昌院に腹の中を探られているようで、左近はいい気がしない。

「と、申されますと」

左近は逆に、桂昌院が言わんとすることを探った。

「上様と将軍の座を争うて敗れたゆえ、胸にわだかまりがあるのではないか」

「母上……」

綱吉が言いすぎだと止めたが、桂昌院は聞かぬ。

「答えられよ、綱豊殿」

「そのようなことは、決してございませぬ。むしろ、胸をなでおろしておるのですから」

「では、なぜ断るのじゃ」

「それは、すでに上様に申し上げております」

「母上、申したではありませぬか。綱豊は市中にくだって民の暮らしを見守りつつ、陰から余を支えてくれておるのです」

「下々のことなど、その役目を帯《お》びている者にまかせておけばすむこと。徳川親藩のあるじたる者がすることではない」

「申しわけございませぬ。すべては、それがしの不徳のいたすところ」

正信が大仰《おおぎょう》に言い、頭を下げると、桂昌院が睨んだ。

「そなたは黙っておれ」

「は、ははぁ」

「綱豊殿、大老の役目を受けぬは、次期将軍の座を狙《ねろ》うてのことではないのか」

「滅相《めっそう》もございませぬ。上様には、堀田殿のような優秀な幕閣がおられますゆえ、わたしの入る余地などございませぬ。そうであろう、堀田殿」

左近が目を向けると、

「おそれいりまする」

と、堀田は小さく頭を下げた。

「にもかかわらず、何ゆえ、わたしに大老になれと仰《おお》せか」

逆に問うと、桂昌院はまっすぐな目を向けてきた。

「はっきり申そう。そなたを、次期将軍にせぬためじゃ」

左近は、そんなことか、と鼻で笑った。

「何がおかしい」

「ご案じめされるな。この綱豊、将軍の座など望んでおりませぬ。藩政の合間に、のんびり市中にくだって暮らせれば、それ以上のものは何もいらぬのです」

「そなたがそうであっても、周りの者が望むやもしれぬ」

桂昌院が、厳しい目を正信に向けた。

「のう、新見殿。親藩に仕《つか》える者であれば、あるじに天下を取らせたいと思うであろう?」

「家臣なれば、殿のお考えに従うまで。出過ぎた真似《まね》をして、相手を貶めるようなことなどいたしませぬ」

正信の嫌味を受け、堀田が唇を嚙《か》みしめた。

「何を証拠に、そのようなことを」

「よさぬか、二人とも」

綱吉に止められ、二人は頭を下げた。

「上様……」

左近が両手をついた。

「……この綱豊、誓って天下を騒がすような真似はいたしませぬゆえ、大老のお役目は、お許しくださいませ」

「ようわかった。以後、そちに役を命じぬゆえ、陰から余を助けよ」

「はは」

「綱豊殿、今の言葉に、偽りはあるまいな」

「ございませぬ」

桂昌院が念を押すように訊くので、左近は綱吉に顔を向けて誓った。

「綱豊、大儀であった。下がってよいぞ」

「では、失礼つかまつる」

左近は頭を下げると、立ち上がって静々と後ずさり、正信と共に退出した。

「殿、いったいあれは、なんだったのでしょうな」

控えの間に戻るなり、正信が不満げに言った。帯から扇子《せんす》を抜き、苛立《いらだ》ったように膝《ひざ》をたたいている。

「副将軍の座を断った者に大老になれなどと、馬鹿にするにもほどがある。いやがらせですぞ、あれは」

「まあ、そう怒るな。顔が赤いぞ」

「あまりに腹が立って、息が苦しゅうござるよ」

正信は言いながら、大きく息を吸って気を落ち着けている。

気配を察した左近が立ち上がり、そっと障子を開けたが、外には誰もいなかった。

「どうなされた」

正信が来たが、左近はなんでもないと言って、障子を閉めた。

「さ、藩邸に帰ろう。昼から市中へまいるゆえな」

「殿、ほどほどになされよ」

「そうはまいらぬ。上様を陰から支えると約束したのだ」

左近は言い、さっさと引きあげた。

正信はあとを追いながら、

「うまいことを申して、遊びに行きたいだけでござろう」

今日も市中へ出かけようとする左近の背に、ぶつぶつと小言を垂れている。

二人が去ったあと、別の部屋の障子が開けられ、二人の侍が出てきた。

一人は、牧野成貞だ。

「顔を覚えたか、板橋《いたばし》」

「しかと」

羽織袴姿《はおりはかますがた》の男は、鋭い目をあるじに向け、力強くうなずいた。

「上様の天下を盤石《ばんじやく》にするためには、甲州様を闇に葬《ほうむ》るしかない。いずれ沙汰《さた》をするゆえ、手の者を集めておけ」

「はは」

城を出る家来を見届けた牧野は、綱吉にくらべ、綱豊の人気が高いことに危機感を覚えていた。

将軍になる気など左近には毛頭ないのであるが、綱吉の傍若無人《ぼうじやくぶじん》な振る舞いを知る幕閣の中には、左近を将軍にすべきであった、という声があがっている。

このことを知った桂昌院が、綱吉の身を案じて左近を大老職に推《お》したのだ。

牧野とて、綱吉に妻を取られた者である。

不満があって当然であろうが、大きな犠牲を払ってまで築き上げた己の地位を守らんと、必死なのである。

己の役目を果たすべく、牧野は中奥に戻った。

将軍綱吉は、次々と出される書状に目を通し、細かい指示を出しながら署名をし、政《まつりごと》に励《はげ》んでいる。

牧野は脇に控え、綱吉が用を申しつけるのを待っている。

じっと控えているあいだに時は過ぎ、蠟燭《ろうそく》に火が灯《とも》る頃になってようやく、綱吉の仕事が終わった。

綱吉は牧野ではなく、側近の柳沢を呼ぶと、耳元で何やらささやいた。

柳沢はちらりと牧野を見ると、部屋を出ていく。今宵も大奥にお渡りになると、告げに行ったのである。

綱吉は、牧野のかつての妻、阿久里のもとへ渡るのだ。

夜を共に過ごすというのに、忠臣の牧野は、顔色ひとつ変えずに座っている。

様子をうかがっていた綱吉であるが、いつもと変わらぬ強気な態度で声をかけた。

「牧野」

「はは」

「下屋敷の普請は進んでおるか」

「はい。もうすぐ、完成いたしまする」

「そうか、そちも大名になったのだ。さぞ、ふさわしい屋敷になっておろうな」

「はは、これも、上様のおかげにございます」

「うむ」

「つきましては上様、深川の狩場になどお出かけなされて、是非とも、我が屋敷にお立ち寄りくださいませ」

「狩りか……余はあまり気が進まぬのじゃ。生き物を鷹《たか》に襲わせて、何がおもしろいのかのう」

「おそれながら、鷹狩りは大将のたしなみ。戦《いくさ》の稽古《けいこ》でもございますぞ」

「今は泰平の世じゃ。余は戦国の殺伐《さつばつ》とした気風を好きになれぬでな。これからは、武士も学問を重んじなくてはならぬと思うておる」

「なれど、武門の鍛錬《たんれん》を怠《おこた》ってはなりませぬ。鷹がおいやなれば、弓になされてはいかがでしょう。鹿《しか》などを狙われてはいかがですか」

「弓なれば、城でも鍛錬できよう。なぜ行かせたがるのだ」

「実は、甲州様をお誘いになられてはどうかと思うたのでございます」

「綱豊を？　何ゆえじゃ」

「先ほど甲州様を見て、おこころを閉ざしておられると、思うたのでございます」

「ほう」

綱吉が怪訝《けげん》そうに目を細めた。

「狩りなどを共になされば、上様におこころを開かれるのではないかと」

「ようは、共に遊べと申すか」

「さすれば、桂昌院様が望まれるようになろうかと」

「大老の座を受けるか」

「はい」

綱吉は少し考えると、承諾した。

「よし、綱豊に誘いの書状を送れ。日は、そちにまかせる」

「ははあ」

柳沢が戻ると、

「ご用意が整いました」

と言い、入口で控えている。

綱吉はやおら立ち上がり、大奥に向かった。

一人で部屋に残った牧野は、妻、阿久里のことを思ってか、

「許せ、阿久里」

絞《しぼ》り出すような声で言い、袴を強くにぎりしめた手を震わせていた。

そして、お家のため将軍に身を捧《ささ》げた妻のためにも、己は大出世すると、改めて誓ったのである。

牧野の命を受けて城をくだった板橋照正《てるまさ》は、駒込村《こまごめむら》のはずれにある、小さな剣術道場を訪れていた。

ここのあるじ、井坂伯周才《いさかはくしゅうさい》は、かつては青山《あおやま》に屋敷を持つ、さる大名家の指南役であった。五年前にお役御免となり、齢《よわい》六十となった今は、この地にて細々《ほそぼそ》とした暮らしをしている。

「おお、久しぶりじゃの」

久々に見る弟子の顔に、伯周才は莞爾《かんじ》として笑った。

「今日は、先生に頼みたきことがあってまいりました」

「わしに頼みとは、珍しいことじゃな。申してみよ」

「十名ほど、先生の門弟をお借りしたい」

途端に、伯周才の顔が険しくなった。

「ほほう、十人もいるか。相手は、かなりの遣い手《つかいて》のようじゃな」

「はい。葵一刀流《あおいいっとうりゅう》を遣います」

「なんと」

伯周才は一瞬目を見張ったが、すぐに真顔となり、そして薄笑いを浮かべた。

「徳川の血を引く者を斬るか」

「はい」

「名は、聞くまいよ」

「おそれいりまする」

「徳川の者であれば、容易《たやす》くは近づけぬ。策はあるのか」

「ごめん」

板橋は伯周才のそばに寄り、ことの子細《しさい》を告げた。

いちいちうなずいていた伯周才であるが、板橋が話し終えると、腕組みをした。

「この策で、いかがか」

「うむ。なかなかおもしろい」

「受けていただけますか」

「受けよう」

「では、これを」

板橋は、袱紗包《ふくさづつ》みを差し出した。

金百両はあろうか。

伯周才は包みを引き寄せ、板橋を睨んだ。

「大仕事にしては、少ないの」

「これは、ほんの手付け。ことを無事終えたあかつきには、あるじから望みのまま の褒美《ほうび》が出ましょう」

「おぬし、浪人のなりをしておるが……あるじは誰じゃ」

「今は、あるじの命にてこのようななりをしております」

名を伏せる板橋を、伯周才が睨む。

「まあ、よいわ。して、いつだ」

「十日後」

「うむ。わかった」

「もし万が一しくじった時は、くれぐれもそれがしの名は出さぬよう願います」

「承知」

「では、前日迎えに来ます」

板橋が帰ると、伯周才の背後の板戸が開け放たれ、八名の門人《もんじん》が出てきた。

どの者も、人斬りの目つき、顔つきをしており、これだけを見ても、伯周才がいかなることをして生きているか察しがつく。

「沖《おき》よ」

「はっ」

一人の男が、前に出た。

「久々の大仕事じゃ。抜かりなきよう、支度せい」

沖と呼ばれた男が鋭い目でうなずくと、配下の者を引き連れ、稽古場に向かった。

伯周才が鍛え上げ、裏の仕事に使う八名の男たちは、他流試合では負けを知らぬ強者《つわもの》ばかりだ。

「ひと昔前ならばともかく、今の大名を斬るなど容易いことじゃ」

伯周才は独りごち、くつくつと笑った。

三

藤色の袷《あわせ》に着替え、谷中のぼろ屋敷に出向いた新見左近は、珍しい客を迎えていた。

先の大老、酒井雅楽頭の画策によって一度は剣を交《まじ》えた、岩倉具家《いわくらともいえ》だ。

鶯《うぐいす》色の袷を着た岩倉は、酒徳利《さかどくり》を手にぶら提げてやってきた。

朝に一度訪れたが留守だったので、近くの上正寺《じようしようじ》で待っていたらしい。

「寺の離れに住む女は、おぬしが救ったらしいな」

「お菊《きく》のことか」

「うむ」

以前、左近はある事件を通じて、お菊というおなごと知り合った。

木曾屋籐兵衛《きそやとうべえ》に父と店を奪われた仇《かたき》を討つべく、お菊は、姉のお幸《ゆき》と共に上正寺に寄宿《きしゆく》していた。

その後、姉を病《やまい》で亡くし、身寄りをなくしたお菊は、上正寺の康庵和尚《こうあんおしよう》の厚《こう》意《い》で境内《けいだい》に離れを建て、女中として働きながら、両親と姉の供養《くよう》をしている。

「久しく顔を見ておらぬが、息災《そくさい》にしておったか」

「うむ。よう働くと、和尚が申しておった」

「さようか」

左近は、差し出された酒徳利を杯《さかずき》で受け、ゆるりと口に運んだ。

熾《おこ》した炭が、囲炉裏《いろり》の灰の中で赤くなっていて、網《あみ》の上で温められた松茸《まつたけ》が、よい香りを放っている。

岩倉は、そのひとつを箸で取り、皿の醬油《しようゆ》をちょんとつけてから口にした。

「おぬしは、いろいろなことに首を突っ込んでは、恨《うら》みを買っておるようだな」

「うむ？」

「お菊殿が申しておったが、近頃、この屋敷をうかがう者がおるらしいぞ」

「知っておる」

「なぜ放っておく」

「ちと厄介《やっかい》な相手でな。どう出るか、見ておるのだ」

「綱吉か」

「いや、上様は命をくだしてはおられまい」

「では、堀田か」

左近は首を横に振った。

「いずれわかろう」

「呑気《のんき》な奴だ。命を狙われるやもしれぬと申すに」

「慣れておるよ」

左近が言うと、岩倉は苦笑いを浮かべた。

「綱吉が将軍となり、争いはなくなると思うていたが、おぬしも楽をさせてもらえぬな」

「先日などは、大老になれと言われた」

「何？　綱吉の臣下になれと申すか」

「力になってくれと申されてな」

「まさか、受けたのか」

「いや、断った」

岩倉は安堵の顔をした。

「臣下にして、おぬしが将軍になる道を閉ざす腹だぞ」

「将軍になったらなったで、その座を守ることに必死になっておられる。特に、桂昌院様がな。実の母とは、そのようなものなのであろうな」

幼《おさな》い頃から新見家に預けられた左近は、産みの母の温もりを知らぬ。ゆえに、必死に子を守ろうとする桂昌院の姿が、痛々しく思えた。

岩倉は遠くを見る目をして、ふっと笑う。

「さてな、わたしにもわからぬよ」

互いに、養母に育てられた身である。

「桂昌院がすすめた大老の座を断ったとなると、どのような難癖をつけてくるかわからぬぞ。気を抜かぬことだな」

「そう案ずることはあるまい。明日は、狩りに誘われておるゆえな」

「狩り、だと」

「うむ」

「行くのか」

「大老になるのを断ったからな。狩りぐらいは、付き合わねばと思うておる。上様とどのような話ができるか、楽しみだ」

「何やら、胸騒ぎがするな。罠《わな》ではないのか」

「狩りには、おれの家臣も行くのだ。狩場で戦を仕掛けると申すか」

「まあ、ないか」

岩倉はまた、ふっと笑い、酒を飲み干した。

「ところで、上正寺には何をしにまいったのだ」

「申したではないか、おぬしを待つためだ」

目を見ると背けるので、左近は疑う目を向けた。

「正直に申せ」

「茶を飲めと、誘われたのだ」

「誰に」

岩倉は、突っ込んだことを訊かれて、むしろ楽しむような笑みを浮かべた。

「誰にって……おぬしがおらぬので帰ろうとしたら、知り合いかと訊かれたのだ」

「だから、誰に」

左近は、わざと訊いた。

「お菊殿にだ」

「それで、おれが留守のあいだ、三日も通うたのか」

「あっ」

なぜそれを、と言い、岩倉はわずかに顔を赤らめた。

「和尚には、留守を頼んでおるからな。一日目はともかく、二日目からは、まっすぐ寺を訪れたとか」

ますます岩倉の顔が赤くなる。

「た、ただ、暇《ひま》つぶしに話をしただけだ」

「さようか。ただの暇つぶしであるか」

「おぬしこそ、小間物屋の娘をいかがする気だ」

返されて、左近は口ごもった。

「いつまでも、隠し通せはせぬぞ」

「わかっている」

「かと申して、正室にもできぬのだろう。わたしも、おぬしと同じ身だ。いくら好こうが、正室にはできぬ」

左近は、見開いた目で岩倉を見た。

岩倉は身を乗り出し、笑みを浮かべた。

「まあ、そういうことだ。お菊殿とは、暇つぶしに話をしただけだ。美しきおなごゆえ、目の保養になったわ」

しばらく炭の火を見つめていた左近は、お琴のことを考えていた。

岩倉の言うとおり、いくらお琴のことを想うても、正室には迎えられぬ。その理由を、いつか話さねばならぬのだろうか。

お琴は、嫁には行かず、三島屋を守ると言っていた。それが本心ならば、あえて話す必要はないのではないかとも思う。

近頃は、気がつけばこのことばかりを考えている。

正直に言うのがいいに決まっているのだろうが、お琴との関わりが終わってしまうことには、とても耐えられない。それほどに、己のこころの中で、お琴の存在が大きくなっているのだ。

「人を想うというのは、罪なことであるな」

左近が言うと、黙って酒を飲んでいた岩倉が、徳利をすすめた。

「そこまで惚れておるか」

「わからぬ」

左近は杯を一気に呷《あお》り、岩倉を見た。

「近頃は、お琴のことを考えると胸が苦しくなる。このような気持ちになったのは、初めてなのだ」

「それを、恋と言うのだよ」

もっと飲めと言い、岩倉はまた徳利を持ち上げた。

四

狩りの当日、わずか十八名の家来を連れて大川を渡った新見左近は、将軍の行列と共に、狩場に到着していた。

白馬にまたがる綱吉のやや後方に馬を止めた左近は、腰から足首まで鹿皮の行縢《むかばき》をかけ、水色の着物を着た左手に、白い射籠手《いごて》を着けている。弓を持ち、肩に矢を納《おさ》めた空穂《うつぼ》をかけ、腰には安綱を帯びていた。

前にいる綱吉もまた、左近に劣《おと》らぬ身ごしらえをしている。自慢の白馬は、狩りには不向きであるが、武将としての風格をより高める意味で、見事である。

空高く鳥が飛び、鳴き声がのどかであった。

陣を張った丘の眼下にはすすきの原が広がり、その先にある森が、深い緑を茂らせている。

森の奥から、獲物を追い立てる者たちがたたく鳴り物の音が響いてきた。

馬上の綱吉と左近は息を潜《ひそ》め、その森から獲物が出てくるのを待った。

「綱豊」

「はっ」

「余は弓が不得手《ふえて》でな。獲物はそちが仕留めよ」

嘘である。

綱吉は弓の名手だ。

殺生《せっしょう》を嫌い、戦の稽古とも言える狩りを嫌う綱吉の気持ちを察した左近は、馬を蹴って前に出た。

「では、遠慮なく」

左近は三人張りの強弓《ごうきゅう》に矢を番《つが》え、その時を待った。

森の中で、何かが動いた。

「出ます」

見張り役の誰かが言った。

地を蹴り、茂みを跳び越えて、立派な角を持った鹿が鳴り物に追われて出てきた。すすきの原を走り、丘のほうへ駆けてくる。

三十間《けん》（約五十四メートル）ほど離れたところで、鹿が立ち止まった。こちらに気づいたらしく、警戒している。

左近は弓を引き、狙いを定めたが、すんでのところで鹿が跳ねるように走り、森の中に消えた。

「殿、あのような大物、めったにおりませぬぞ」

供をしていた新見正信が言うと、綱吉が声をはずませる。

「綱豊、見事仕留めてみせい」

「はは」

左近は綱吉に断り、馬を走らせて鹿を追った。

小姓の雨宮真之丞があとを追って駆けてくるが、左近は構わず先に行った。

森の手前で馬を歩かせ、中の様子をうかがっていると、

「甲州様、こちらです」

獲物を追い立てる役の者が、小声で言う。

手で指し示す先には、こちらを見ている鹿がいた。

弓を引くが、また、逃げられた。

追っ手の者が森の中に走るのを見て、左近は馬から下りた。

走って追いついた雨宮に手綱《たづな》を預けると、

「ここで待っておれ」

左近は獲物を追う者に続き、森に足を踏み入れた。

白い鉢巻《はちま》きを目印にあとを追い、奥へと進んでいく。

鹿を追って奥深く進む男は、松の木に身を寄せるようにして、立ち止まった。

左近が追いつき、背後から声をかけた。

「いたか」

返事がない。

近くに獲物がいるに違いないと思い、左近は弓を引きながら隣に並んだ。

男の肩に触れた刹那《せつな》、力なく突っ伏したのに驚く間もなく、左近は殺気に応じて身を転じていた。

左頰をかすめるように、矢が飛び抜ける。

——刺客。

咄嗟《とっさ》に悟《さと》り、松の木の陰に身を隠したところへ、次の矢が突き刺さった。

次が放たれた間から察するに、射手《いて》は二人以上いる。

左近は編笠《あみがさ》をはずし、倒れた男の胸に刺さっている矢を引き抜いた。

編笠に矢を刺し、木の横からそっと出した。

間を空けず、吹き飛ばされる。

そのあいだに、茂みの中に射手を見つけた左近は、矢を番えて引き、木から身を乗り出して放った。

弓を引こうとしていた相手の胸に突き刺さり、くぐもった声をあげて倒れた。

隣の射手は見向きもせず、左近を狙って矢を放つが、その前に左近は、木の陰に身を隠した。

茂みから、黒覆面をした三人の刺客が、太刀《たち》を抜いて出てきた。

矢を番える間はない。

弓を捨て、斬りかかる一人目の刃《やいば》を潜って懐《ふところ》に飛び込み、抜刀術《ばっとうじゅつ》で胴を払った。

払った右手を返し、続く二人目の胴を払う。三人目は咄嗟に跳びすさり、身を転じて斬り下ろした左近の切っ先をかわした。

地に膝をつくほど身を低くした左近を狙い、射手が矢を放つ。

安綱で斬り飛ばしたが、その隙《すき》を突き、三人目が斬りかかってきた。左近はたまらず安綱で刃を受け、鍔迫《つばぜ》り合《あ》いとなる。

刺客は血走った目を見開き、左近を射手に向けようと刀を押し、身体を動かす。

そうはさせじと腰を入れて押した左近だが、相手がさっと身を引いたため、射手に背を向ける格好となった。

すかさず矢が放たれた。

左近が身を転じてかわすや、目前を突っ切った矢が刺客の目を貫《つらぬ》いた。

悲鳴をあげて仰向《あおむ》けに倒れた刺客の身を跳び越え、左近は森の中に走った。

途端に、左右に殺気を感じた。

二人、いや三人はいる。

刺客は原のほうを固め、左近の退路を絶《た》ちつつ、間合いを詰めてくる。

後方からは、射手も追ってきた。

このまま森の奥に行けば、狩りの追っ手がいるはずであったが、左近の目の前には、斬り伏せられた骸《むくろ》が横たわっていた。

左近は、己が囲まれていることを察し、走るのをやめた。

「何奴じゃ」

太い木を背にして安綱を脇構《わきがま》えにし、気配がある茂みを睨んだ。

忍びではないことは、太刀筋でわかっている。侍の剣を遣い、人を殺し慣れた集団……。

左近は、右手に着けた皮手袋の中が、血に濡れていくのを感じた。先ほどの斬り合いで、腕に傷を負ったのだ。

皮手袋のおかげで、安綱をにぎる手が滑らぬのが幸いというところだ。

茂みが揺れ、ゆっくりと人影が現れた。

先ほどと同じ黒覆面をした者が、正面から一人二人と現れ、左右からも出てきた。

射手を入れて、全部で五人。

白刃《はくじん》を構える剣客の後ろで、射手が矢を番えた。

何奴かと訊く左近の問いにも答えず、冷酷に命令を果たすのみ。

刺客たちからは、人の息遣いを感じることができない。

——これまでか。

左近は、死を覚悟した。

覚悟してしまえば、気が落ち着き、相手が見える。

左近は安綱を正眼《せいがん》に構えなおし、こころを無にした。

じり、じり、と刺客が間を詰める。

左近はぴくりとも動かず、鳥のさえずりを聞いていた。

上からひらひらと舞い落ちた一枚の枯れ葉が、左近の眼前で弾《はじ》かれたように飛ばされる。

その凄《すさ》まじい剣気に、刺客たちが足を止めた。

刺客が刀を右後ろに構えて腰を低めるや、射手が矢を放った。

矢が刺客の頭上すれすれを越えるや、皆が一斉に走る。

左近は己に迫る鏃《やじり》の先端を見極め、安綱で斬り飛ばした。と同時に刺客の白刃をかわして身を転じ、前に出る。

「おう！」

裂帛《れっぱく》の気合を放ち、一斉に斬りかかった刺客たちは、すれ違った左近の背中に向かって刀を振り上げたが、喉の奥から呻《うめ》き声をあげて次々と倒れた。

仲間を一度に失った射手が怖気《おじけ》づき、背を返して走り去ろうとしたが、思わぬところから一閃《いっせん》された刃に首を刎《は》ねられ、痙攣《けいれん》する胴体が倒れ伏した。

切っ先を左近に向け、男が一人残っている。

「葵一刀流、しかと見せてもろうた。まこと、凄まじき剣よのう」

己の配下を斬った男を、左近は睨んだ。

白髪を後ろに束《たば》ね、足首を詰めた野袴《のばかま》に陣羽織《じんばおり》を着けた男が、ゆるりと歩み寄る。

「名を名乗れ」

左近が訊くが、男は名乗らず、薄笑いを浮かべて刀を構えた。

左足を前に出し、脇構えにする男は、じりじりと間合いを詰めてくるや、

「てぇい!」

下から逆袈裟《ぎやくけさ》に斬り上げた。

左近が身を引いて切っ先をかわすや、敵が一歩踏み込み、返す刀で斬り下げる。

斬り下げた隙を突き、左近が前に出た。

両者がすれ違い、互いが振り返る。

左近は正眼に構えた。

男は右上にぱっと切っ先を上げて、左腕越しに左近を睨むと、わずかに笑った。

——むう。

膝を折ったのは、左近だ。切っ先をかわしたつもりであったが、胸を斬られていたのだ。

「葵一刀流、破れたり……」

男は言ったが、その直後、口から血を流し、目を大きく見開いて仰向けに倒れた。

歯を食いしばって立ち上がった左近は、周囲に殺気がないのを確かめると、大きな息を吐いて安綱を鞘《さや》に納めた。

その様子を茂みの中から見届けた板橋が、顔を歪《ゆが》めて舌打ちすると、すっと後ろに退《しりぞ》き、森の中に走り去った。

五

森から血だらけになって現れた左近を見て、綱吉の陣は騒然となった。

「曲者《くせもの》を捜せ!」

綱吉が周囲の探索を命じて、馬を走らせた。

「殿! いかがなされました!」

雨宮が馬を放して駆け寄る。左近は差し伸べられた手をつかむと、地に膝をついた。

意識が遠のくのをこらえて、駆けてくる白馬を見る。

「綱豊! 何があったのじゃ!」

馬を下りた綱吉が、身を案じて声をかける。

「刺客に襲われましたが、仕留めてございます。傷は浅うございますゆえ、ご心配無用にございます」

「すぐに引きあげるぞ。馬に乗れるか」

「はい」

「手を貸そう。余につかまれ」

「お召し物が汚れまする」

「構わぬ」

綱吉は左近の腕を取り、己の肩に回した。

左近は雨宮の手も借りて愛馬にまたがり、陣へと急いだ。

手の者に周囲の探索を命じていた正信が駆け寄り、左近の身を案じる。

「殿、傷を見せられよ」

「案ずるな、ちと斬られただけだ」

「なりませぬ」

「馬から下りるほうが辛《つら》い。このまま帰るぞ」

「は、ははぁ」

正信は自分の馬にまたがり、左近の横に寄り添った。

牧野が綱吉の馬の下に駆け寄った。

「上様、我が屋敷にご避難を」

「うむ。案内いたせ」

綱吉は左近についてまいれと言い、牧野の下屋敷へ馬を走らせた。

公儀の先手組《さきてぐみ》に周囲を守られながら、左近は牧野の下屋敷へ入った。

駆けつけた医者によって手早く治療が施《ほどこ》されたおかげで、怪我《けが》は大事にはいたらなかった。

左近は根津の上屋敷へ帰ろうとしたのだが、熱が出ると医者が言うのを聞いた綱吉が、今宵は牧野に世話になれと言う。

「これは命令じゃ。よいな、綱豊」

甥《おい》の身を案じての綱吉の言葉に、左近は断ることもできず、一晩だけ泊めてもらうことになった。

左近がふと目をさますと、あたりは暗くなっていた。

医者が飲ませた痛み止めのせいで、いつの間にか眠っていたのだと気づき、部屋の中を見回した。

「お目覚めか」

蠟燭の明かりの中で正信が付き添い、左近を見ていた。

「ここは」

「覚えておられぬか。牧野殿の下屋敷ですぞ」

「ああ、そうであった」

「殿、相手の顔を見ましたか」

「見ておらぬが、知らぬ目をしていた。太刀筋も初めて見るものであったが、皆同じ流派と見た。誰かの家臣というよりは、同じ道場で学ぶ者の仕業《しわざ》かもしれぬ」

「城下には大小さまざまな道場がござるが、中にはあくどい者もおりましょうからな。金で雇われたのやもしれませぬぞ」

「最後に闘った男は、かなりの遣い手であった……だが、首謀者《しゆぼうしや》はあの者ではあるまい」

「では、誰ぞが裏で糸を引いておると」

「闘いを見ていた者がおったゆえ、間違いあるまい」

「まさか、上様の手の者では」

「わからぬ……わからぬが、上様のあの慌《あわ》てようは、とても芝居とは思えぬ」

「他に考えられるは、酒井家の者」

「なんのために」

「そ、それは……」

正信は言葉に詰まった。

酒井家の断絶を救ったのは、左近のおかげと言っても過言ではない。岩倉もなびかぬ今となっては、酒井家が手を出してくるとは思えぬ。

左近は目を閉じた。桂昌院の名を出しかけて、慌てて呑み込んだのだ。

「確たる証《あかし》をつかむまでは、ことを荒立てぬよう、家中の者に伝えてくれ」

左近が言うと、正信はうなずき、徹底させると約束した。

翌朝、根津に帰るために身支度をしていた左近のところへ、綱吉がやってきた。城に帰ったとばかり思っていたが、泊まっていたようだ。

「傷の具合はどうじゃ」

「おそれいりまする。おかげさまで、なんとか」

「うむ。そちを襲った者じゃが、心当たりはあるか」

「ございませぬ」

「さようか。では、やはり余と間違えたのかの」

左近は、綱吉の後ろに控える牧野の手が震えていることを、見逃さなかった。

——まさか、こ奴。

妻を将軍に差し出したという権八の話を思い出した左近は、手の震えの理由を探ったが、牧野の腹の内がわかるはずもない。

「刺客を送り込んだ者は余が捜させるゆえ、気を悪くするでないぞ、綱豊」

「はは」

「変わらず、余を支えてくれ」

「むろん、そのつもりにございます」

綱吉は安堵の笑みを浮かべ、部屋を出ていった。

あとに続く牧野は、ひとつ角を曲がったところで立ち止まり、綱吉に気づかれぬように、障子に向かって話しかけた。

「くわだてはやめじゃ。次なる手を考える」

言うなり、その場を去った。

鉢巻きと襷《たすき》をかけていた板橋は、背後の者に振り返ると、刀を納めさせた。

十六畳の部屋を埋めるこの者どもは、綱吉が去ったあとで左近を襲撃しようと、潜んでいたのである。

綱吉が牧野の下屋敷に泊まったのは、何かよからぬ動きを見抜いていたからかもしれぬが、その真意は、誰にもわからぬ。

ただ、綱吉は牧野と距離を置くようになり、側近の柳沢保明を頼るようになっていくのであるが、はっきりとした態度に出すのは、まだ数年先のことである。

　それよりも、新見左近は、刺客に襲われたことにより、最大の危機を迎えていた。

　牧野家を辞するべく、玄関の式台に横付けされた迎えの駕籠《かご》に乗るところを、離れ小屋の普請に来ていた大工の権八に見られていたのだ。

「間違いねぇ。ありゃあ、左近の旦那だ」

　立派な行列が門外で待っていたので、何ごとかと思い、権八は仲間の大工と共に玄関に見に来て、頭を下げるふりをして目を上げていたのだ。

　というのも、権八は昨日、左近らしき侍が血だらけの身で馬に乗って駆け込んだのを、小屋の屋根から見ていたのだ。

　多くの家来を連れた綱吉の姿を見た仲間が、

「公方様だ」

　と騒いだものだから、将軍と共に馬で駆け込んだのは、左近ではなく見間違いかと、首をひねっていた。

　家に帰っておよねに言ったものの、

「馬鹿だよ、お前さん。左近様が、そんなところにいるはずないじゃないのさ」

と叱《しか》るものだから、見間違いだと信じた。

だが、

「間違いねえ。やっぱりありゃ、左近の旦那だ」

一人で何度もうなずいた権八は、急に差し込みが来たと嘘をついて家に帰るふりをして、行列のあとを追ったのである。

思わぬ追っ手がついたことなど露知《つゆし》らぬ行列は、根津の藩邸に帰った。

左近は、権八が門の外で腰を抜かしていることなど知るはずもなく、出迎えた家来たちに支えられて、屋敷の奥へと入ったのである。

甲府藩の藩邸の庭には、椿《つばき》が咲き乱れている。

権八が、あんぐりと口を開けて見上げる門のはるか頭上では、一羽の鷹が空を舞っていた。

本書は２０１２年５月にコスミック・時代文庫
より刊行された作品を加筆訂正したものです。

双葉文庫

さ-38-18

浪人若《ろうにんわか》さま 新見左近《にいみさこん》 決定版《けつていばん》【四】

将軍《しょうぐん》の死《し》

2022年5月15日　第1刷発行

【著者】

佐々木裕一《ささきゆういち》

【発行者】

箕浦克史

【発行所】

株式会社双葉社

〒162-8540 東京都新宿区東五軒町3番28号

［電話］03-5261-4818(営業部)　03-5261-4833(編集部)

www.futabasha.co.jp(双葉社の書籍・コミックが買えます)

【印刷所】

中央精版印刷株式会社

【製本所】

中央精版印刷株式会社

【フォーマット・デザイン】

日下潤一

ISBN978-4-575-67111-7 C0193

Printed in Japan

佐々木裕一　新・浪人若さま 新見左近【一】長編時代小説
不穏な影〈書き下ろし〉

浪人姿に身をやつし市中に繰り出し悪を討つ。その男の正体は、のちの名将軍徳川家宣——。大人気時代小説シリーズ、双葉文庫で新登場！

佐々木裕一　新・浪人若さま 新見左近【二】長編時代小説
亀の仇討ち〈書き下ろし〉

権八夫婦の暮らす長屋に仇討ちの若い兄妹が転がり込んでくる。仇を捜す兄に助力を申し出た左近だが、相手は左近もよく知る人物だった。

佐々木裕一　新・浪人若さま 新見左近【三】長編時代小説
夫婦剣《めおとけん》〈書き下ろし〉

米問屋ばかりを狙う辻斬りが頻発する中、小五郎の煮売り屋を訪れるようになった中年の旅の夫婦。二人はある固い決意を胸に秘めていた。

佐々木裕一　新・浪人若さま 新見左近【四】長編時代小説
桜田の悪〈書き下ろし〉

闇将軍との死闘で岩倉が深手を負った。小五郎たちの必死の探索もむなしく焦りを募らせる左近をよそに闇将軍は新たな計画を進めていた。

佐々木裕一　新・浪人若さま 新見左近【五】長編時代小説
贋作小判《がんさくこばん》〈書き下ろし〉

改鋳された小判にまつわる不穏な噂と偽小判の存在を知った左近。市中の混乱が憂慮されるなか、老侍と下男が襲われている場に出くわす。

佐々木裕一
恨みの剣
新・浪人若さま 新見左近【六】長編時代小説〈書き下ろし〉

同じ姓の武家ばかりを狙う辻斬りが現れた。下手人は説得に応じず問答無用で斬り捨てるという。冷酷な刃の裏に潜む真実に、左近が迫る！

佐々木裕一
宴《うたげ》の代償
新・浪人若さま 新見左近【七】長編時代小説〈書き下ろし〉

出世をめぐる幕閣内での激しい対立。政への悪影響を案じる左近だが、己自身をも巻き込む大騒動に発展していく。大人気シリーズ第七弾！

佐々木裕一
鬼のお犬様
新・浪人若さま 新見左近【八】長編時代小説〈書き下ろし〉

お犬見廻り組の頭に幼い息子を殺された御家人が、西ノ丸大手門前で抗議の自刃を遂げた。胸を痛めた左近は、真相を調べようとするのだが。

佐々木裕一
無念の一太刀《ひとたち》
新・浪人若さま 新見左近【九】長編時代小説〈書き下ろし〉

勅額火事から一年。町の復興が進む中、大火の折に武家の娘が攫われたとの噂を耳にした左近。さっそく近侍四人衆に探索を命じるのだが。

佐々木裕一
嗣縁《しえん》の禍《わざわい》
新・浪人若さま 新見左近【十】長編時代小説〈書き下ろし〉

将軍綱吉には隠し子がいた⁉ 思わぬ噂を耳にし、これで西ノ丸から解放されるとばかりに喜ぶ左近だが、何者かによる襲撃を受けて——。